夢に導かれて

光と影をテーマに生きる

朝長　三千代
Michiyo Tomonaga

文芸社

父母・兄弟へ感謝を込めて捧ぐ

私の道

実に　不思議な体験でした
長い間　現実生活と平行して
無意識との対話を続けて参りました

それまでにも　「夢」は見ておりました
ですが　それまでは「夢」を
別段気にとめる必要もなかったのです
ある日の「夢」を見るまでは……

どうも　その日の「夢」を境に
私の内面は一変したようなのです
個人的なことに過ぎないのですが……

言葉で表現するとしましたら
それは
当てのない世界旅行へ　ただひとり出立《しゅったつ》した
ということになるのでしょうか

どうした訳か
二人の赤ちゃんを産んでいた夢が
妙に　こころから離れないのです
「ふたり」ということが……
「ふたり」とは何か　どういうことなのかと
「二」という数字の意味を知りたいと
矢も楯もたまらない衝動にかられたのです
実はその瞬間から
私の「夢」の謎解きが始まっていたのでした

やがて「対極」を知ることになりました
光と闇　白と黒　表と裏　上と下　陰と陽……
始まったのです
これまで
見ないようにして来た世界の直面化が
おどろおどろしくもおぞましいこころの世界
見えてくれば来るほどに
泣き叫びたくなる情動《じょうどう》を覚えながらの直視
そのような過程の最中での私は
ただ　無力な一介の女にしか過ぎないことの
痛感のし通し
真実を知るということは　大きな悲しみです
さらに見ます
光のない　闇の世界もまた
広大であり　奥が深いということを

そこでも人々は
しっかりと生きているということを
そして
闇には闇の言い分があるということも
納得いたしました
「ふたり」の意味は
主体と客体の分裂であったということを
そしてその上で　やがて
私は私であって
他の誰でもないということを確信します

どのような状況下にあろうとも
自分自身を見失うこともなく
落ち着いていられたのは　やはり最初の頃の
どうしても忘れることの出来ない夢の

二番目に見た夢の影響があったように思います
その前に
「二人の赤ちゃんを産んでいた夢」の最後のように
いつかは　穏やかで充実する時がくるのであろう
ということは漠然とではあるのですが
疑いようのないものとして感じておりました
ですが　二番目の夢である
「山中の涌き水を汲み、それを飲む夢」の中の
右側の道である
「人の踏み固めた山の道」という箇所だけは
常に強く　ずっと私を支え続けておりました
どうしてかと申しますと
その道は確かに
人が歩いていて出来た道なのだということ
現在私が辿っているこの道は

他の人も辿ってきた道なのだということ
今私が苦しいように
先人たちも苦しみながら辿られたであろう
その同じ道を私も歩いているに過ぎない
他の人にもやれたのだから私にも出来るはず
という　ただその思いだけが
私を支えていたのでした
現在　振り返ってみますと正に
くもの糸にすがっていたようです　と共に
それまで疑うことを知らなかった人間の
ただ　純粋さだけが持つ強みのような底力も
最大限には出さねばなりませんでした

夢の謎解きをしたいと切に願っていた時
ユングの論文は大変参考になりました　し、

大勢の方の笑顔が　私の心を支えていました
以上のような諸々の状況や心境の中で
私は私自身との対話に
じっくりと取り組むことが出来たのでした

さて
道は　自らの手で開拓して行くものだと
教えられていたように記憶していますが
もしかしますと道は
求めるところには出来るのかも知れません
とも　今では思います
しかし
開拓するにせよ　求めるにせよ
いずれにしても楽な道程は無いようです
ただ

楽しみながら……というような
生きることにゆとりが持てるだけの
余裕が感じられるようになるのは
自分自身の気持ちの切り替えなどが
うまく出来るようになってから
生れもった遊び心は出て来そうな気はいたします
いつの頃からか
「道」は「未知」に通じておりました
逆に　知らず知らずのうちに
「未知」が「道」になっていたようです
未知なる世界の探検はスリル満点ですが
油断をすると命取りにもなり兼ねません
私の場合
運良く　こころ拾いをいたしました

合掌

魂の変遷

私はただの人間である
そのただの人間が
夢を意識したのがきっかけで
己のこころを垣間見る羽目となった
決して美しくも清々しくもない心をである

見なくても済むのであるのなら
見たくはなかった
だが
どうしても見なければならなかったようだ
次々と現れてくる夢は
それまで意識できていなかったことを

否応もなしに自覚するよう仕向けてきたのだ
ただの人間である私には
大変危険な旅路であったし
迷惑この上ない出来事であった

そして
何もかもが終った今
己が辿ってきた十数年の
事の顛末《てんまつ》の流れを追ってみたくなった
自分をまとめたくなったのだ
時の流れに任せ切っている私に
今その時が来たのであろう
また一つの節目の時を迎えたのであろう

血を吐くような苦しみの時を通ってきたが

今は
しっかりと私は私であり
生きているのが楽である

夢に導かれて

観音様を拾った夢

昭和五十八年初夢

私は観音様を拾いました。ですがそれは、石っころのような棒っ切れのような何でもないものです。でも、それは観音様なのです。

青地に山桜の模様の着物を買った時に見た夢

昭和五十八年三月三十日

天皇・皇后・浩宮ご一家が私の家に来ています。私は天皇陛下からじきじきに、山桜柄の着物を手渡されました。

飼っていた兎が死んだ時に見た夢

昭和五十八年七月一日

呼んでいる人がいると使いの人に言われ、私は緑の草の生い茂る山道を登って行きます。山の中腹に着きますと、そこにはお付きの人、二、三人を従えたおばあさんが佇《たたず》んでいます。スラリとした静かな雰囲気のおばあさんです。

私を見るとおばあさんは、腰を九十度にも折ってお辞儀をしました。それはまるで、御礼を言われでもしているかのようでした。

おばあさん達の後方には林檎の木があります。木には林檎が三個なっています。突然その中の一個が私めがけて吹っ飛んで来ました。

空に星でできた花が咲いていた夢

昭和五十九年一月十七日

男の人とその子供と私の三人はキャンプをしています。私は寝袋に入り、満天の星空を見ています。

すると大きな流れ星がス・ス・スッと私を案内するような流れ方で、星の間を流れて行きます。止まったところには、星でできた花が咲いていました。

私は寝袋から顔を出して思います。『あっ、星が花の形をしている!』

桜色の頬をした、にこやかな顔の大黒天の夢

昭和五十九年十二月二十四日

私は命を狙われています。三人で知らない村へ逃げ延びています。私一人だけがリヤカーに乗っているのですが、引いているのは年を取った人です。後からおばあさんが付いて来ますので、私は「おばあさんここに一緒に乗りましょう」と声を掛けました。するとおばあさんは、くるりと後ろを向いて行ってしまいました。

暫くすると平穏そうな村に着きました。水が道路に溢れるほどにたぷたぷとしています。私はその清水を両手ですくい、のどを潤して、今来た道を振り返りました。すると大黒さまが歩いて来ます。私は道を開けようと進みます。そこにはお社があり、右手には温泉が涌き出ています。

私がお社の所に立っていますと、大黒さまは側に来られ、お社と温泉の方に向かい、御幣を振って御祓いをしました。そして私に「そこにお金を置いておくから」と言われます。お社の中を見てみますと、なんと三万円あるのです。私はお金を手にして思います。『これは使ってはいけないお金です。自分で働かなければなりません』と。

［どうしても忘れられない夢ふたつ］

昭和六十年六月三十日

一　二人の赤ちゃんを産んでいた夢

私はベッドに座り、二人の赤ちゃんを抱いています。二人共私が産んだ子のようです。ところが、一人は標準児なのですが、もう一人が片手に乗るほどに小さいのです。ベッドの傍らに、見知らぬ中年女性が二人立っています。なぜか私は赤ちゃんを、一人ずつ女性達に手渡します。が、小さい方を渡す時、あまりにも小さいからか、一人の女性がポロッ！　と落としてしまいました。二人の赤ちゃんは私の腕の中に戻りました。ところが何故か二人の女性が口論を始めたのです。「落とした方の赤ちゃんは私の子ではありません」と、お互いが拒絶し合います。

私は二人の口論を聞きながらも、静かな気持で赤ちゃんにお乳を飲ませます。標準児は右側を、小さい方は右手に乗せて左側を飲ませながら思っています。『どちらでもいいじゃない、二人とも元気なのだから』と。

両方の乳房を含ませながら、表情には微笑みが表れている自分を意識しています。こころはとても穏やかで、充実しています。

二　山中の湧き水を汲み、それを飲む夢

道路の両側には田んぼがあり、田んぼに沿って小川が流れています。小川の水は澄んでいますが、何故か道路にまで溢れています。

私は、溢れ出ている水で体を洗い、また歩き出しました。坂道に差し掛かったところで、道が左右に分かれています。左側は舗装してある小学生の登校路で、右側は人が踏み固めた山の道です。登校中の小学生に道を尋ね、私は右側の山道を登ります。

次の瞬間、私は大声で叫んでいました。「見つけた！　私が探していたのはここなのよ」と。そこは山の中腹にある泉でした。容器を出して水を汲みます。

気が付くと、私は水の中に入っていました。ふと足元を見ますと、私の足はまるで三、四歳くらいの子供かのように、小さく見えました。

次の場面では、小学校の校門のところに立っていました。三、四階建ての校舎は三棟ほどあり、校庭では大勢の子供達が遊んでいます。窓はあちらこちらが開けてあります。また登校中の子供は坂道を登って来ます。

私はそこで、今汲んできた水を一口飲みまた叫びました。「甘い！」

男女の赤ちゃんに添い寝をする夢

昭和六十年七月七日

母と義姉が一人ずつ赤ちゃんを産むのですが、私が産湯を沸かそうと、薬缶に水を入れ火にかけたところでもう産まれてしまいました。男の子と女の子です。

私は赤ちゃんの添い寝を頼まれました。両脇に一人ずつ寝かせつけています。それにしても、二人とも大きな赤ちゃんです。

派手な背広を着た男性の夢

昭和六十年十月十一日

誰かが仕事で大失敗を仕出かし、全員が謝らなければならない事になりました。

私は一人で掃除をしています。ゴミを捨てに行ったりしてなかなか謝りに行けません。他の人達は皆で一緒に済ませたようです。

さて私も謝りに行こうと廊下に出ますと、隣の部屋から結婚式を挙げたばかりらしいカップルが出て来て、私と擦れ違いました。周りの若い人達から拍手が起こりましたので、私も一緒に拍手をします。

通路に数人の男性がいますが、謝る相手がどの人なのか私には見当がつきません。その中で一人、大柄な体格の上に、地味な色合いですが大きな花柄で、目立つ背広姿の年配の男性が目にとまりました。その人かどうかを部屋に戻りPさんに確かめますと、返事は素っ気無いのですが、謝る相手は確かにその派手な背広の人ということです。

私はまた数人のいる所へ戻ります。その時、派手な服装の男性と目が合いました。その瞬間直観的に、『この人は私を受け入れてくれる』と思ったのでした。

がそれはほんの少し前に、一緒に謝りに行こうと皆が待っているのに、私が掃除をしていてなかなか集まらないので、上司が怒ってしまい「もう知らない！」と言われていた矢先の事なのでした。

気品ある翁《おきな》と媼《おうな》に会う夢

昭和六十年十月十二日

私は明日結婚するという同級生のNさんと、馬に乗って散歩をしています。同級生のTさんに出会いました。今は反抗期という四歳になる女の子を連れています。Tさんも一週間後に再婚すると言います。

気が付くとNさんがいません。左を見ますと道は暗く、急カーブしています。そこで私は迷わず、右へ手綱を取りました。

道はガード下を通り抜けるように続いています。通り抜けた所では、かなり大きいロバの置物を作っていました。ロバの額には菱形の白い部分があり、「ここの部分が冷たくなるとこの人が出て来るのですよ」と誰かが言います。すると白い部分からスーッと一寸法師ぐらいの小人が出てきました。

私は右を振り向きました。そこには翁が立っています。次に左を振り向きますと、今度は媼が、翁の少し後方に静かに佇んでいます。二人共背筋がスッと延びており、生まれ持った気品さえ感じられます。

ガードの向こうに見える山は、大きく段々になっていて、下の段には桔梗《ききょう》の花が一面に咲いています。そこよりずっと上方に、壁が金色に輝いている豪壮な建物が見えます。頑丈そうな門には、鉄鋲が並んでいます。私は「うわあ！」と声を上げながら見上げていました。

軽自動車をヒョイと持ち上げた夢

昭和六十年十月二十一日

私は赤い軽自動車を運転しています。停車したところは、背後に海が迫っていました。下りて見ますと、左後部が脱輪しています。車は安定していますが、地面に戻さなければなりません。

傍に男性がいたようですが、私は自分で車を持ち上げ、地面に戻してしまいました。

種が掌《てのひら》で発芽し、植物になった夢

昭和六十年十月二十三日

私はビルから出て、外のセメントの階段に座り、種の多い果物を食べています。目前には道路を隔てて、人の出入りの激しい大きなビルがあります。何処かで急病人が出たのか、救急車のサイレンの音が聞こえています。私は果物を食べ終わり、手には種を握っていました。

そこへＩさんが来ました。私が握っている種を見て「それをどうするのですか？」と聞きますので、私は「蒔きます」と応え、Ｉさんに手を広げて見せました。

種は、小粒の黒いものと、それより少し大き目のクリーム色のものがあり、片手一杯にのっています。するとIさんはとても無造作に「この黒いのは駄目です」と言って、バラバラとそこに捨ててしまいました。私は『せっかく取り出したのに……』と少し残念に思います。

次の瞬間吃驚《びっくり》してしまいました。手にあったクリーム色の種から、葉が出ているのです。二十センチほどにもなっていて、根もちゃんとあります。それはもう立派な植物でした。

おばあさんから安心を頂いた夢

昭和六十年十月三十日

魔法使いのおばあさんかしらと思われるようなおばあさんの所で、私は働いています。いくつかの仕事を済ませ、私は帰ろうとします。するとおばあさんが声を掛けて来て言いました。「あなたがしていることは間違いないですよ」と。

男女が白骨化して行く夢

昭和六十年十一月六日

私は発狂寸前らしいのです。女の人が「あなたの代わりに私が狂ってあげます」と言いました。

私の目の前にベッドがあり、そこには男女が横たわっています。私はベッドの左側、足元のドア近くで見ているのですが、突然強風が左から右へと吹き出しました。男女は瞬間発狂し、風化するように白骨化して行きます。

私は『発狂して、どうして骸骨にならなければいけないの?』と思っていました。

楽しくふざけ合う夢

昭和六十年十一月三十日

従兄弟と姪と私の三人は、ふざけ合っています。二人ともとても愉快そうです。私もとても楽しい。

今にも火が消えそうな夢

昭和六十一年一月二十一日

職場の人とキャッチボールをしていますが、私は心から楽しんではいません。からすの大群がギャーギャーと鳴きながら、遠くへ飛び去る声だけが聞こえてきます。私は火を焚いています。ところが、今にも火は消えそうです。薪などを足そうとしていますと、母の声だけが聞こえて来ました。「私がします」と。近くには真っ白な洗濯物が干してあります。

猫の鳴き声がしました。振り向くと黒の子猫がいます。子猫は、鼻の頭が虎の赤ちゃんのように、丸く赤くなっています。

宙に浮きますが、未だバランスがとれない夢

昭和六十一年一月二十二日

飛ぶというようなしっかりしたものではありません。踏み台のようなものから足が離れて、私は宙に浮き、宙を舞っています。危なっかしいというのではなく、まだ安定感が取れないという感じです。顔は嬉しそうに笑っています。

［夢ふたつ］

昭和六十一年二月五日

一　お風呂事件の夢

私はお風呂に入ろうとしています。簡単な鍵を二つかけて裸になりました。すると男の人が、大きなやっとこを持って中に入って来ました。私はキャーッと大声を上げて、助けを求めました。するとすぐにおまわりさんが二人来て、男はおとなしく捕まえられました。

二　山の中腹で水飛沫《みずしぶき》を上げる滝の夢

母と義姉と妹と私の四人で、これから義姉の実家へ歩いて行きます。山深くまで歩いて行くことに、私は軽い不安を覚えますが、身支度は整っていて、後は出発を待つだけです。人家の横など通りながら私達は歩いています。右手向こうには山の中腹に滝があり、白く水飛沫を上げながら流れ落ちています。その滝からの水でしょう、私達の足元には小川が流れています。庭先に盆栽でしょうか、白い容器の中にクリーム色の花らしきものが集まって、木の枝状になっています。

少し離れた農家の塀の向こうに、柿の木があります。柿の葉は赤く色付いています。その葉の何と大きいことといったらありません。普通の葉の三倍くらいあり、形は大判型をしていました。

動物たちをやさしく労《いたわ》る夢

昭和六十一年二月十六日

夜です。街中《まちなか》の空き地のような所に、私は座って居ます。私を中心にして円陣が出来ています。円陣の主は大人しい動物達で、スポットライトが一頭一頭を浮かび上がらせています。

そこで私が何をしているかといいますと、その動物達を代わる代わる抱いたり、やさしく撫でたりなどして労っていました。

[夢ふたつ]

昭和六十一年二月十八日

㈠ プラットホームに立つ紳士の夢

ひなびた駅のプラットホームに、燕尾服にシルクハットを被った紳士が立っています。

なかなか格好良いです。

二　視線の向け方に白痴を感じた夢

田舎家の縁側に男の人がいると知らされ、母と妹が先に行き、父と私は後から行きます。そこには確かに見知らぬ男性が座っています。私はその男性の視線の向け方に、一瞬白痴を感じました。

胸の奥深いところで輝いた強烈な光の夢

昭和六十一年二月十九日

私はずっと夢を見ていました。内容は覚えていないのですが、最後の一瞬に、強烈な光が射したのです。

胃の辺りというのでしょうか、胸の奥深い所で、とても強い光がパアーッ！　と輝いたのです。眩しい！

吃驚《びっくり》して『何？』と思い、目覚めてしまいました。

こげ茶色の液体を吐いている夢

昭和六十一年二月二十一日

通学路の脇にある畑の周りには、大きな蕗の葉があります。一メートルほどもあるのですが、それは丸くなく、楕円形をしています。雨が降ったらこれを被ったら好いなと思いながら、私は通り過ぎます。

その時「誰かが溜め池に落ちた」と聞こえました。見てみますと、地面を刳り抜いて直接水を溜めてある池があります。水はきれいです。が、誰かがその中に顔を突っ込んで、水の中にこげ茶色の液体を吐いています。そしてその人は、「だいぶ飲んだみたい」と言いました。

私は吐き気を催して、目が覚めました。

昭和六十一年三月九日

［夢みっつ］

㈠ 猫の看病をする夢

私は重症らしい猫の看病をしています。台の上に寝かせ、本を枕の代わりにし、タオルを掛けています。それでも寒そうなので私の上着を掛けてやろうとすると、「ミャオ」と鳴いて座りました。どうやら元気になったようです。掛けていたタオルで汗をふいてやり、その後、川でタオルを洗いました。

㈡ 幼児の世話をする夢

ビルの一室、陽の当たる明るい部屋で食事をさせたりして、私は幼児の世話をしています。

㈢ 幽閉されている人々を助け出す夢

場面はどうもお城のようです。私は忍者で、幽閉されている人々を外へ出し、安全な場所へ導こうとしています。

向こうの方からも、助け出されたらしい、裾の長い着物姿の女性達が大勢走って来ます。辺りを見回しても追手はありません。

ユングとエンマを口にした夢

昭和六十一年三月十日

私は母の実家の門を入った所で、学生風の男の人と擦れ違いました。その男の人の手には、二本の鉛筆が握られています。私は咄嗟に盗んだものと察し、戻すように説得しました。男の人は大人しく言う通りにし、戻します。付いて行きますと、ガラクタが置いてある所に、鉛筆が束にして置いてありました。

家の中では父と母が、明かりの下で食事をしています。私は家の周りをぐるりと回ります。別の部屋には二人の男性がいます。その二人は外国人です。二人の外国人は畳の上で、ゆったりと寛《くつろ》いでいます。私は二人に見つからないようにと身を隠しながら通ったのですが、見つかってしまいました。

二人の外国人は私を追いかけて来ます。そして、私が持っている黒のセカンドバッグに、引っ掻き傷で文字を書き、私に読むように促します。私は怪訝《けげん》な面持ちで、最初だけを「ユング」と読みました。後は何やら説明していましたが、分かりませんでした。
私はバス通りに出ています。気が付きますと、若い女性が誰かに追われています。若い女性は髪を振り乱して逃げて行きます。女性は随分走ったのですが、私との距離はずっと一定しています。若い女性は海岸まで逃げて来ました。前方には父親と母親らしい二人連れが歩いています。若い女性はその二人連れに近づき、三人は話しはじめました。
私は離れた所から三人を見ています。若い女性は、振り乱していた前髪をはずしました。気が狂れていると思っていたその女性は、実は気が狂れた振りをしていただけだったという事に私は気付きました。三人の話し声が聞こえて来ました。その声を聞いた途端、私は悪寒がし、薄気味悪くなりました。三人は勝ち誇ったようなヒステリックな高笑いをしています。

余りの気持悪さに私は目覚めてしまい、思わず南無阿弥陀仏を唱えていました。が、またすぐに眠りに入り、次の夢を見ました。

私の真正面に、目の大きなロングドレスを着た外国人女性が立っています。そして、私をじっと見つめます。その女性を私は「エマ、エンマ」と呼びました。つぶやくように……

二、三の短い文章が浮かんだ夢

昭和六十一年三月十一日

二、三の短文が浮かんできました。リポートのテーマになりそうなもので、最後のは「○○の精神の子悪魔的元型」というものでした。

何とかなると思った夢

昭和六十一年三月二十九日

私と同級生と会社の人と妹の四人は、白っぽい岩山の頂まで来ました。これから谷へ下りて行きます。先頭は私です。

見晴らしの良い岩の上から谷を見ますと、川が流れています。川は澄んで緑色をしています。川の傍には男の人が二人いて、私達に声を掛けて来ました。「助けに行きましょうか。その岩山はまだ百メートルくらいありますよ。もっと人を呼んで来ます」と言って、男性は川を泳いで渡って行きました。私はロープなど、しっかりと装備をした人を呼んで貰えるのだなと思っています。
私は視線を岩山に戻しました。道らしいものはありません。私は身軽なのですが、問題は同級生が、テレビのような大きな箱を持っていて、両手がふさがっている事です。気が付くと丸く穴が開いている大きな岩があります。そこから下りて行けそうです。私は岩山の、足場になりそうな所を目で辿りながら思います。『何とかなる』

精神の魂は光で、肉体の魂は闇だと思った夢

昭和六十一年三月三十日

私は腕を出して寝ていました。腕が冷えて来たので夜具の中へ入れようとするのですが、体全体指先に至るまで、鉛のように重くてピクリとも動きません。ピクとも動かないことを現の状態で感じながら夢を見ました。

私はやわらかな光と短い会話を交わしています。そこは全体が柔らかな光に包まれているような感じです。私は立っているのですが、見えない光の壁に凭《もた》れてでもいるのでしょうか、とてもリラックスしています。光の声は、私の左側から聞こえています。

柔らかな光の左前方に、ドアがあったのでしょうか、突然スッとドアが開きました。向こうは真っ暗です。私は「どなた？」と声を掛けてみました。が、返事はありません。姿も見えません。何らの気配も感じません。そこには、ただ四角い闇があるのみです。

ところがその瞬間から、指先は動き、手首は動き、腕は動きと身体は軽くなったのでした。

煌煌と燃える蝋燭の夢

昭和六十一年四月十七日

寝入りばなのことでした。真っ暗な中、遠くにぼんやりと白いものが見えました。私は気になり、何だろうと白い部分へ意識を集中しました。するとすぐに白い部分に近寄り、それは目前にありました。

なんと空中に、貝のような形をしたものがあり、その向こう側が白く光っているのです。『何かな？』と思いながら、夢の中で首を伸ばして見てみました。すると、少し透明感のある大きな蝋燭が、煌煌と燃えているではありませんか。

その蝋燭は、今火が付いたばかりででもあるかのように、光は強く、勢いがよく、私の目を射るように飛び込んで来ました。

『眩しい！』と思った瞬間、目が覚めました。

寝入りばなに見た夢

昭和六十一年四月十九日

寝入りばなに、何気なくふっと仏様を思いました。すると、数日前に写真で見た仏像の端整なお顔が大写しでそこに見えたのです。

それはまるで、私の寝顔を覗かれでもしていたかのようでした。

この時も吃驚して目覚めてしまいました。

遠い島へお見合いに行く夢

昭和六十一年四月二十六日

乗り物を乗り継ぎながら、遠い島へ私はお見合いに行っています。お見合いをするのは私なのですが、何故かメンバーは四人います。私と物言わぬ静かな人と、ちょっと我が儘な人と、十代の子供の四人です。

大きなお屋敷内の部屋にはお見合いの相手と、おじいさんとその他がいますが、話はそんなに弾みません。私は雪が島全体に白く積もっている情景を想像しながら、「この島に雪は降りますか」と聞きました。お見合い相手の返事は短く「降ります」とだけ言いますが、おじいさんが長々と答えてくれました。

遠いので早めに失礼して、バスセンターへと向かいます。ふと気付きますと、我が儘な人が素っ裸になっているではありませんか。しかしその姿の美しいこと。桜の花びらのような肌をしています。私が「何か着なさい」といっても言うことを聞きません。白く薄いものを簡単に纏っているだけです。十代の子供が上着を持ち、私と物言わぬ静かな人が並んで、我が儘な人の後ろにピッタリとくっついて隠しながらバスに乗る為に急ぎます。

バスセンターはかなり長く、ガラスのような透明なもので仕切ってあります。透明な向こう側に、お見合い相手の男性が見えました。それまで私は相手を見ないようにしていたのですが、一瞬じっと見つめてしまいました。その男性は「なぜ?」と言っているようです。私の目にはじんわりと涙が出て来ましたが、二度と振り返りませんでした。

自由に宙を飛ぶ夢

昭和六十一年四月二十七日

夜です。私達は、どこかの旅館の一室にいます。私達というのは、私と母と妹ともう一人誰か女の人です。その女の人は、部屋の片隅で、向こうを向いてうずくまっています。向い側の部屋ではドンちゃん騒ぎをしています。

私はマットレスに乗って、フワリフワリと部屋中を飛んでいます。窓の所には山桜が満開で、新葉も綺麗《きれい》です。でも、近づいてよく見てみますとそれは紅葉していて、緑のなかに赤・黄色と斑点があり、綺麗な色合いを見せているのでした。

私が部屋中を飛んでいることを、妹は気付いていますが、母は知りません。母を吃驚させたくないし、私もそろそろ下りたいと思いますと、もう静かに畳の上に下りていました。

妹がメモを見ながら「また数字が勝手に変わっている」と言います。そして「1」を「4」に直しています。妹が「なぜ数字が勝手に変わるのかを聞きに行きます」と言いますので、私は「じゃ今、なぜ私が飛んだのかも一緒に聞いて来て」と言います。私はまるでオカルト的だと思い、余りいい気持がしていません。

［夢ふたつ］

昭和六十一年五月三日

一 K先生には未だ会えない夢

ユング心理学で名高いK先生に、私は面会を求めています。がしかし、K先生は宴会中ということで会っては頂けません。取次ぎの男の人が「未だです」と言います。

二 龍を食べる夢

私は、幽霊が出るという池の傍にいます。そこで私は龍を食べます。ただでさえ怖い龍を食べるのです。体はガタガタと震え、歯と歯はガチガチとして合わさらないのですが、それでも私は食べています。

尻尾の方から食べ始め、胴体を半身ずつ食べて行きます。

食べるというよりも、飲みこんでいるという感じです。龍は赤ちゃんです。大きさは大きいうなぎぐらいで、姿はタツノオトシゴでした。味はわかりません。

唐突に声がした夢

昭和六十一年五月九日

数人の中学生くらいの女の子が、お店で盗みを働いているらしい所に出くわしました。私はやめるように説得し、家に帰しました。

私は眼鏡橋のような所を渡っています。女の人が自転車に、三人の女の子を乗せて坂を登り、こちらにやって来ます。どうやらさき程の女の子もいます。

不意に「あなた」と声がしました。私が誰かに呼び掛けられたのかどうかわかりませんが、声がしました。

私はずっと自転車から目を放さないで見ています。自転車の後部を男の人が押していますす。何故か一人の女の子の目がキラッ！と光りました。

双頭蛇の説明をする賢そうな女性の夢

昭和六十一年五月十一日

六匹か七匹くらいの双頭蛇の写真が、一枚のパネルになっていて、壇上ではそれを賢そうな女性が説明しています。

何かの学会でしょうか、会議室の照明は消され、ライトはパネルと女性を照らしています。

賢そうという印象は、その容姿と無駄のない服装のセンスからうかがえます。

犯されなくてよかったと思った夢

昭和六十一年五月十九日

大人の猿と小猿の二頭が、檻に入れられています。大人の猿は勘が鋭く、テレパシーが送れるようです。

テレパシーで、私を犯したいと送っているそうです。二、三人の男の人が来ました。そして私を捕まえ「強姦される時に虫歯があってはならない」と言い、奥の虫歯を一本無理に引き抜いてしまいました。その後、止血のために丸いものを詰めたのですが、簡単には血が止まりません。

私は抵抗して暴れているようです。口の周りが血で赤くなっています。

感動から涙がひとしずく流れた夢

昭和六十一年六月二十日

体格のいい誠実そうな若者はスポーツの選手です。試合のある学校へ下見に行っています。学生達もそれと気づき、雰囲気に少し緊張が見られ、また尊敬のまなざしが感じられます。

何かの試合があり、それに勝ったようです。私はその建物の入り口付近で、勝った事を知ります。気付くと、少し奥の方に若い男性がいます。私と同じように試合が見られなくて、また見ているに耐えられなくてそこにいたようです。そしてその男性も勝った喜びを噛み締めています。私はその男性の側に寄り「貴方の気持よく解ります。片割れが勝ったのですもの」と言います。

何故か男性は無言で、掌《てのひら》に金魚の絵を書きました。すると突然何処からか仙人のような老人が現れました。老人は一旦外に出て、今度は本物の金魚を手にし、再び現れました。金魚に喩《たと》えながら老人は説明します。「この部分は消極的だけれど、この腹の方の出っ張りが積極的なのだ。消極的な面もあるけれど、積極的な面の方が強く、その積極的な部分で勝ったのだ」と。言い終わりますと、老人と金魚は消えました。

私にはくっきりと、金魚の残像があります。そしてじわじわと、勝利の感激と興奮が押し寄せてきました。胸は大きく波打ち、震え、喜びの涙がひとしずく、頬をつたいます。私は泣いていました。

大量の金塊を盗む浮浪者風の男の夢

昭和六十一年六月二十一日

浮浪者風の男の人が二人、荷車に千両箱のようなものを積んでいるのを私は目撃します。それは大量のお金とか、金塊であることを私は見抜いています。そしてそれは二人の男のものではなく、盗んだものであることも知っています。

私は二人に近づき、住所を聞きます。もしかの時に住所を聞いていると探すことが出来るという思いから、二、三度聞いていました。

私は家にいます。他に二人、家の者もいます。そして敷居には先程の男二人が座っています。二人の目的はわかりません。

私は見つからないようにと、柱の陰に隠れているのですが、年配の男の人には私がわかっているらしく無言で、私を真直ぐに見ています。

余り身なりのよくないおばあさんの夢

昭和六十一年六月二十三日

身なりがそんなによくはないおばあさんには、未だ結婚していない息子がいます。おばあさんは私を知ろうというのか、簡単なアンケートを取ります。それは〝ハイ〟か〝イイエ〟で答えられる単純なもので、内容は、理想の男性を問うというようなものでした。

私は数問答えましたが『このくらいのことでは人の心は解からないわ』と思っています。それよりも私は息子さんに惹かれています。その男性と腕を組んで外へ出て行ってしまいました。

ぼろの洋服を着て街中を歩く夢

昭和六十一年六月二十六日

夢の前後は覚えていないのですが、私はボロの洋服を着て、街中を歩いています。少し恥ずかしい気がしていました。

膨らんだリュックサックを頂く夢

昭和六十一年六月二十八日

私は汽車に乗っています。膝には赤ちゃんを抱いていて、隣の女性と話をしています。妹が星空を見に行ったまま戻りませんので、私は列車内を探しに行きました。そこに着いたようです。そこには軍服を着た祖父らしい男性がいます。その男性から私は、はちきれんばかりに膨らんでいるリュックサックを頂きました。スーッと手渡され、私はそのまま受け取りました。またその様子が、シルエットになって見えていました。妹も側にいます。

妹が妊娠している夢

昭和六十一年六月三十日

妹が妊娠しています。もうすぐ生まれるのか、妹は分娩台で横になっています。私にはお腹にいる赤ちゃんが透けて見えました。大きな赤ちゃんです。

落ちている栗は虫に食べられている夢

昭和六十一年七月十三日

私は職場の先輩とお墓参りをしています。白菊を一本と、きれいな柴を花器に挿します。帰り道では、学生達が和尚さんから許可が下りているという葡萄を取っています。葡萄なのですが、林檎くらいの大きさがあったりなどし、大小が房になっています。その後私は一人で歩きます。途中で突っ張っている風の男女に出会いました。男女は栗を毬《いが》から出しています。上を見ますと栗の木があり、道路には実が落ちています。実は大きいのですが『何だか虫に食べられているみたい』と思いながら私は見ています。

大便の夢

昭和六十一年七月十七日

トイレが大便でいっぱいです。

同じ瞳をしたおじいさんと少年の夢

昭和六十一年七月二十六日

おじいさんと男の子の身なりはそんなに立派ではありません。その二人は同じ瞳をして御車台に座り、私から見て右正面を向いています。またその姿は無心にさえ見えます。私は遊び心を発揮し、ふざけてみるのですが、二人には全く相手にしてもらえません。それよりも二人の視線に尊厳なものを感じ、私は二人に従います。私は徒歩です。

後光がさしている少年の夢

昭和六十一年七月三十日

私の中学入学式なのですが、遅刻しそうなので、母達が使うタクシーで先に学校へ行きます。が、途中には大きな熊が出ます。道路にぺったりと熊が座っていた後が残っていますが、その時はもう何処かへ行ったようです。

講堂でしょうか、大勢の生徒がいて、壇上では先生らしき人が奇抜な服を着て何か言っています。私は教室へ入ろうと人ごみの中を進んでいました。

その途中で、一人の少年に出会いました。同じ中学生くらいなのですが、他の人達とは明らかに異なっています。はるかに際立った利発そうなその少年には、光輪があります。まだどことなく子供っぽさを残していながらも、しかし顔の輪郭はくっきりとしており、それは意志の強さを物語っているかのようです。

私は偶然に出会ったのですが、その少年はずっと私を見ていたような気がしました。

昭和六十一年七月三十一日

数本の白髪を発見した夢

私は髪の分け目の部分に、数本の白髪を見つけました。

昭和六十一年八月二十日

愛想がないK先生の夢

かなり長い間K先生の夢を見ていたようなのですが、内容は覚えていません。ただ全体から受けた印象が、『何だか愛想が悪かったなあ』と、目覚めてから私は思いました。

橋を渡ると同調心が芽生えるという夢

昭和六十一年九月七日

夢をワープロで打っている夢をみました。その後も色々と見ていたようなのですが、ひとつだけ覚えているのが次の夢です。

誰かが言いました。「あの橋を渡ったら同調心が芽生えるのよ」と。

従兄弟から来た手紙の夢

昭和六十一年九月九日

私は従兄弟から来た手紙を読んでいます。用件は別にあり、私心としてメモ用紙に、「本当のことは知っていたけれど、今まで本心は出さなかった……」というようなことが書いてあります。

試されていた夢

昭和六十一年九月十二日

夢の中で試されていたような気がします。いくつかの状況があり、その場面場面で、私は試されていたようです。

籠に入った青い鳥の夢

昭和六十一年九月十三日

次から次に夢を見てはいたのですが、最後の一瞬だけを覚えています。鳥かごに青い鳥が入っていました。

火炎の目の夢

昭和六十一年九月二十三日

私はビルの一室にいます。何処かで何かがあったのかサイレンの音が近づいて来ました。ベランダに出て、外の様子を見てみましたが、何か分かりませんので私は部屋に戻りました。

ところが、部屋に戻って私は真底ゾッ！　とします。物凄いものを部屋の中に感じるのです。戦慄が走ります。凄まじい何かがいます。妖気が漂っています。殺気を感じます。何と壁に火炎の目が二つ、顔の輪郭が丸く、メラメラメラメラと燃えているではありませんか。火炎の目は私を睨《ね》めつけています。私は恐怖から身動きがとれません。

T先生が仁王立ちになって、火炎を睨《にら》み返します。私はT先生の右足にしっかりとしがみ付いています。K先生が火炎に向って呪文を唱え出しました。炎は少しずつ消えて行き、やがて治まりました。

昭和六十一年九月二十九日

ユングの本の夢

まだ新しいユング著書の上下巻らしきものが数冊、並べて置いてあります。

昭和六十一年九月三十日

ちょっと薄気味の悪い部屋の夢

私は部屋を間違えて四階まで上っています。ぽってりとした六十歳前後の管理人さんらしい人が「私の部屋へ来なさい」と言います。

その部屋は薄暗く、ベッドには具合が悪いらしい少女が寝ています。傍らには女性がついており、女性が「具合はどう?」と聞き、少女は「良くなりました」と答えます。

私に汗を流すようにと洗面器に水を入れ、タオルと一緒に渡されました。私は上半身裸になって体を拭いていますが、タオルを洗う時に部屋に水を撒き散らすので、自分の部屋に戻って、お風呂に入ろうと思います。女性は「もっときちんと拭きなさい」と言いますが、私は洋服を着て通路に出ました。女性は追い掛けて来て、まだ何か言っています。

実は、次第に部屋の暗さに目が慣れて来て気付いたのですが、女性がジーっと私を見ているのです。その部屋の奥の方にはまだ誰かがベッドに寝ていますし、他の部屋は明かりが付いているのに、その部屋だけが暗いのです。

ドアには四〇二という番号があります。私は二〇二ですから下ります。

抱いていた子犬が男の子になった夢

昭和六十一年十月二十日

何処かからの帰り道、母と私は並んで歩いています。妹は従兄弟の車で他の道を先に帰りました。母が急に「もう我慢が出来ない」と言って、家とは逆の方向へ歩き出してしまいました。私は子犬を抱いて後から付いて行くのですが、母は野を越え山を越え、とうとう海の岩場にまで辿り着きました。途中では母の背中に火が付いたのを、私は素手で揉み消しました。母は岩場を、なおも伝って行こうとします。海は深い色をしています。

母は船に乗ろうと思ったらしく、船に行くための艀を手繰り寄せています。しかし、艀は海の底に沈んでいます。その時弾みで海に浸かってしまい、やっと正気を取り戻しました。母は、近くで船を操っている若旦那を呼んでいます。

若旦那は私の側に来ています。私が抱いていた子犬は、何時の間にか人間の子供になっていました。二歳前後の男の子です。そして子供は若旦那にむしゃぶりついています。

私が「こちらに来なさい」と言いますと、子供は少し大きくなって私の膝に座ります。重い。私は子供をあやしながら「怖かったね。でももう大丈夫よ」と言っていました。側には妹もいたようです。

昭和六十一年十月二十三日

［夢ふたつ］

㊀ 廊下の突き当たりにある死体の夢

廊下の突き当たりに忘れ物か、何かが有るのを取りに行くようにと男の人に言われ、私は行くのですが、そこには人が死んでいます。私は死体を見ないようにしていました。

㊁ 男根を持つ大柄の女性の夢

大柄な女の人が大河の中で、流木の間に挟まっている黒い子犬を助けようとしています。女性は上半身裸です。そしてその女性の乳房と乳房の間には、男根があります。私は断崖の上から、大柄な女性の様子を見ています。河は向こう岸が見えない程です。私の横には小さな女の子がいて、その子は「これから崖を飛び降ります」と言います。私が『危ないから止めなさい』と思った瞬間、もう飛び降りていて、大河の中から私を見上げて微笑んでいます。

けがもしていなくて良かったと私は思います。

目覚めてから海の深さを怖いと感じた夢

昭和六十一年十一月四日

私は荒海に面した岩の上に立っています。岩は鉤型になっていて、そこに波が当たると水柱が立ちます。その水柱を何回か見て、岩の先の方へ目を移しました。そこの海はとても深いです。兄か誰か、男の人の声が私を呼ぶので、戻りました。

夢の中では怖さなど感じなかったのですが、目覚めてから初めて、その海の深さを怖いと思いました。

恋愛となると条件は厳しくなる夢

昭和六十一年十一月十三日

ハンサムな青年がおどけて私を笑わせます。その後真剣な顔で「試合に出るのですが見に来てくれますか」と言います。私は青年の目を見て頷きました。その青年に私は好意を寄せています。

でもそれが恋愛に変わるなら、条件は厳しくなります。

豊かとはいえないその生活と、国の違いを越えなければなりません。

自分の物は自分で持って山道を歩く夢

昭和六十一年十一月十六日

私はレースに参加しています。リュックサックを背負い、山道を走っているとも歩いているとも分からない程に疲れ果てながら前進しています。

一人の男性と一緒になり歩いていますと、その男性の弟さんが、心配して迎えに来ました。大きな目をした体格のいい男性です。

弟さんは私に「背負ってあげましょうか」と言いますが、私は断ります。すると「では荷物だけでも持ってあげましょう」と言います。しかし、それが規則のようです。自分の物は自分で持って山道を歩き続けます。

リュックサックはそんなに大きなものではありません。男性と私は前後して歩いているのですが、私達の前で弟さんは片膝ついて座った格好になりながら、大きな目でじっと私を見据えました。

［夢ふたつ］

昭和六十一年十一月二十日

一 ただ小僧さんの周りをうろついているお坊さんの夢

お堂の中には小僧さん達が大勢座っていますが、小僧さん達の目はただれていて見えないようです。お坊さんはなす術《すべ》もなく周りをうろついています。

二 もうひとりでもやっていけるという夢

私は潮干狩りをしています。貝はアサリではなく、殻は紫色で、身はオレンジ色をした貝です。

最初に取った貝を男の人に奪われてしまい、私は不満そうです。その後八個程取りました。

その後、有名な勝利者の女性の家を訪問しています。本人は留守という事なので帰っていますと、遠くに見かけます。女性も私に気付いたようなのですが、その時くるりと踵《きびす》を返してあらぬ方向へ去って行きました。

私には、その女性の思いが『もう私がいなくても大丈夫。あなた一人でやって行けます』

と判断したので、私からわざと遠ざかって行ったように、その時感じました。

父母の、何事にも動じない姿に感動する夢

昭和六十一年十一月二十八日

何かの為に川の水が取られてしまい、川底が見えて来ました。私はとても心配になり、父と母に知らせます。兄もいますので話をしますと、兄が「おかしいなぁ、さっき千五百トン流したのだけどなぁ」と答えます。

それを聞きながら、私はドウドウと流れる水を想像します。けれども、未だ安心できず、また父母に伝えます。

すると父が確かな自信を持って「大丈夫、心配しなくても良い」と言います。その横では母も父同様に、何事にも動じない確かな自信を見せて、私を見つめて微笑みます。父母の姿勢には何ともいえない威厳が漂っています。

目覚めて私は涙しました。

「狂」を漂わせる女性の夢

昭和六十一年十一月三十日

私は嫁ぎ先となる家へ行くのが嫌さに、道路でダンボールの箱に入り一夜を明かします。明け方、側を気が狂れたような女性が通り掛かるようなので、見つかったら恐いと静かに様子を窺がっています。すると、何事も無く女性は通り過ぎました。

向こうから三人の女性がこちらに来ています。その中の一人に「スカーフがちょっと変ですよ」と気が狂れたような女性が声をかけますので、私は首を出して見てみました。なるほど確かにスカーフは少し乱れています。

私は『もしかしたらこの女性は気が狂れてはいないのではないかしら』と思うのですが、その女性の後姿を見ていますと、通り過ぎる男性達は避けて通っています。

私は気を取り直して嫁ぎ先となる家へ行きました。外の水道で洗顔をしようとしていますと、側にとても体格のいい男性が、それが当然であるかのような様子で椅子に座っています。

私の面倒を見ている婚約者らしき男性は若く、ちょっと頼りない感じなのですが、それでも甲斐甲斐しく、私の面倒を見るのが嬉しそうです。

とってもかわいい女の子が微笑みかける夢

昭和六十一年十二月六日

丸顔の大きな黒い瞳をした、とてもかわいらしいこけしのような少女が、小首をかしげて私に微笑みかけます。

力強い走りをするＳＬの夢

昭和六十一年十二月十八日

一人の青年がＳＬを運転しています。ですがそれは、最後の乗車です。次の職場は決まっています。ＳＬの力強い走りっぷり。

獅子が女性になり、私が男性になった夢

昭和六十一年十二月十九日

私は夜の、円形劇場らしき所の上方にいます。地上には、真っ白な雌雄二頭の獅子がいます。

獅子は全身光沢のある巻き毛で覆われていて、月明かりの中で青白い炎を上げながら燃

えているかのように、強い輝きを見せています。どっしりと足は地に着き、その不動な様は王者の風格そのものです。

私は上の方から二頭を覗き込んでいるのですが、雌獅子に気付かれてしまいました。すると獅子が壁を上り出しました。私は食べられるのではないかと恐れます。が、それでもじっと見ています。やがてとうとう上り詰めてしまいました。

ところがそれまで雌獅子だったのが、その瞬間人間に変わったのです。とてもスタイルの良い女性です。私は男性になったのか、男性言葉でその女性と話をしていました。

安心して任せ切れるK先生の夢

昭和六十一年十二月二十七日

K先生の子息が何かの発表をするようです。先生は安心して任せ切っています。

靴を履いていなかった夢

昭和六十二年一月二十五日

停車している車には、二人の男性が乗っています。私は歩いていて、その車を通り過ぎようとしています。右側からバスが来ていますので、急いで通り過ぎます。通り過ぎてから気付きました。私は靴を履いていません。通り掛かりの人か、側にいた女性に靴を持ってきて貰い履きました。

清潔な長い髪のお嬢様の夢

昭和六十二年一月三十一日

ガードがあり、私はその手前に座っています。足元には小川が、座っている私の後ろから前側へ、雪解けのような水が流れています。

前方から若い女性が歩いて来ます。服装は地味ですが、長い髪は清潔です。私はその人を見て『あっ、お嬢様！』と思います。お嬢様は私の横を静かに通り過ぎました。

周りを見渡しますと、所々に雪が残っています。

賑やかな家族の夢

昭和六十二年二月一日

兄弟達が家族連れで帰省していて、とても賑やかです。お正月なのか、誕生日なのか母にプレゼントを渡しています。中身はどうも派手なセーターのようです。

私も石を探してみようかしらと思った夢

昭和六十二年二月三日

私と男の人と男の子の三人は、海岸の岩の上に立っています。海辺では大勢の人々が、石がゴロゴロとしている所で探し物をしています。下りて見ますと、なんと石を探しているのです。私の目前で二人の人が、今探した石を飲み込んでしまいました。

私も石を探して見ようかしらと思います。

出雲大社の境内に立つ夢

昭和六十二年二月五日

私はたったひとり、出雲大社の境内に立っています。特徴のある屋根や、大きな注連縄《しめ》や、周囲の山々を、その他周りの建物など見回しています。

夢の中ででしたか、目覚めてからでしたか『この場所に私ひとりでは広すぎます。もっと大勢の人がいたらいいのにな』と思いました。

妹と弟との夢

昭和六十二年二月七日

弟と一緒に長い廊下を歩いています。明るい所に出ました。そこにはハムスターが、鳥籠に入れられています。寒さの中、放りっぱなしにされていたからなのか、何処からか出血しています。私は「かわいそうに」と言い、両手で包んでやります。妹が鳥かごを洗おうとしています。ハムスターは丸くなって、手の中にすっぽりと入っています。

挿し木をする夢

昭和六十二年二月十二日

木の枝の、芽が出そうな部分を見て、のこぎりで三つに分け、赤土の水が流れるところに挿し木をしています。

木は葉の形から月桂樹のようでした。

うじ虫の夢

昭和六十二年二月十七日

私は何処か他所の家の掃除をしていて、うじ虫がいるところを束子《たわし》でこすっています。するとそのうじ虫が、私の腕などに付いて来ました。うわぁ気持悪い…と思っています。

私の影が戻って来たと思った夢

昭和六十二年三月五日

車の前席には二人の男性が乗っています。車はビル前の、歩道脇に停めてあります。

私は停車している車両の、左後部の歩道から車内を見ている筈なのですが、どうも運転手の後部座席に座っているような気もします。

その時、ビルの間から、黒のワンピースに、黒のスカーフをなびかせた黒ずくめのほっそりとした人影がスッと、後部座席に入り込みました。当然という自然な行動です。瞬間『私の影が戻って来た！』と思いました。

貝の夢

昭和六十二年三月六日

はまぐりが触手を出して、砂の中にもぐり込もうとしている所を超アップで見ました。

［夢ふたつ］

昭和六十二年三月十三日

一 私を心配そうに見ている男性の夢

部屋の中には男の人が大勢います。女は私一人のようです。私の周りの人がくすぐったりして私をからかいます。

私はブラウスを一枚しか着ていません。何かの拍子にブラウスの前が、はらりとはだけてしまいました。私は前を閉じながらお手洗いへと立ちます。

周囲の人達は面白そうに笑っているのですが、少し離れた所からひとり、私を心配そうに見ている男性がいます。

二 新型の電車？の夢

私は歩道を歩いています。すると真新しい電車が、歩道にまで乗り上げて来ました。

どうもおかしいと見てみますと、車両は鋼鉄の電車用のではなく、タイヤが付いている電車でした。『だから線路ではなく、車道を走っているのですね』と思いながら見ました。

線路を走っている電車も見えます。

お祭りの夢

昭和六十二年四月一日

お祭りです。叔父がぜんざいを振舞っています。私の他に子供達も食べています。

御輿は南と東から二台来ます。私は南から来る御輿を迎えに行きます。細く狭い通路を行きますと、御輿にぶつかってしまいました。そこでお餅を振舞われました。

美人俳優のYさんと一緒に、今度は東の方へ行きます。

刺繍糸の染色をしている二人の男性がいました。一人は緑色系統を、もう一人はばら色系統を染めているそうで、男性は「この微妙な色合いに染め上げるのが難しい」と言います。色合いも量も豊富で、たっぷりと和紙にくるんであります。

坂道の上には知人の家があるのですが、坂道に差し掛かる所で、私は何故かスリッパをそろえます。御輿が通るのに邪魔にならないようにと、端の方に並べていました。

夢？

昭和六十二年四月二日

「ひすい」と「真珠」という言葉が、閃きました。

＊実は、この「翡翠」と「真珠」は、昨日の夢中で、染色の場面の前後にも出ていたものです。ですが、夢全体の流れから見た時に、余りにも唐突に出現しましたので、取り上げようがなく、昨日の夢からは省く事にしました。
これまでのことを考えてみます時に、私がきちんと夢に向き合うまでは、何度となく

同じ夢の内容が繰り返し出現するように思われますので、今回は閃いただけのことなのですが、取り上げる事に致しました。

見事な出来映えの火鉢の夢

昭和六十二年四月三日

男の人が、大きな木の中身を刳《く》り抜いて、立派な火鉢を作っています。よく磨き込んである見事な出来映えのものと、これから作る為の大木が切り倒してあり、大木は四つに切ってあります。

［夢ふたつ］

一 小鳥を助ける夢

昭和六十二年四月二十一日

外出から帰ってみますと小鳥がたくさん死んでいるのです。水に溺れているのもいます。一羽だけがかろうじて息絶え絶えとしていますので、私は何とか助けたいと思い「これは空腹なのだから、餌を水で溶いてやってあげて」と妹に言い、妹は返事をします。

何となくもう大丈夫のような気がしています。

二　人が降ってくる夢

私はガラス張りのドームの中にいます。少し離れた所では、女の人が横になっています。誰かが知らせに来ました。何かがあった様子です。

私は上を仰ぎます。山の上は、宗教的な場のようなのですが、そこから人が落ちて来るのです。赤ちゃんも落ちて来ます。雨が降るように、人が降って来ます。

私はその有様をじっと見ていました。

〔夢ふたつ〕　　　　　　　　**昭和六十二年四月二十三日**

一　路上に寝ている夢

人気の無いところで知人のMさんが、男の人を追っています。しかし、男の人は先に行ってしまいました。

私は路上のような所で、お布団に寝ています。側ではちょっと太めの男の人が周りを見張っています。Mさんが私の布団に入って来ました。

二 私のこころには護衛が付いている?夢

私はスクーターに乗っていますが、側にはピッタリと男の人が付いていて、一緒に走っています。

暴走するワゴン車の夢

昭和六十二年四月二十五日

土手から落ちそうになっているワゴン車の側を私は通り掛かり、それを右手でヒョイと道路に戻しました。

女性の運転手が降りて来て御礼を言いますが、車が動き出してしまいました。おまけに煙まで吹き出して、随分行ってしまいます。私は「車の管理をもっとよくしなさい」と運転手を叱っています。

運転手は走って車を追いかけますが、私はのんびりと歩きながら一部始終を見ています。

車の後部や横のドアが開いて、荷物や赤ちゃんを抱いた人が転がり落ちています。

とうとう分裂してしまったかと心配した夢

昭和六十二年四月二十九日

夢の中で私は質問をします。二人の返事があるのですが、最初は一人ずつがバラバラに応えるのです。私はとうとう分裂してしまったかととても心配になります。

次の質問をしますと、今度は同時に返事があります。もう一度確かめますと、やはり同時に同じ事を答えます。さらにもう一度確かめました。やはり同時に同様に二人が返事をしましたので、私は安心いたしました。

荒廃した土地に樹木が植えられ整備された夢

昭和六十二年五月十六日

夢の最初の頃は、何となく全体的に荒廃した雰囲気が感じられました。

私はゆっくりと船頭さんの漕ぐ、船の後部に座っています。岸の向こうは、荒れていた土地に樹木が植えられ、きちんと整備されました。大勢の人々が並んで、私を見送っているようです。

結婚には未だ気が進まない夢

昭和六十二年五月二十日

武将が私に結婚を申し込みます。私は会った事もない人に気が進みません。が、無理にでもという感じで、腰元と武士は大きな用紙に認めの印鑑を集めています。

その武士の片目は潰されていて、血がついていますので、私は益々気持が悪くなっています。

父も母も捺印し、私の分は妹が押しているのですが、捨て印らしきところに押した時、当の武将が現れました。なかなか堂々とした、立派な武将です。それでもやはり気乗りがしません。

私の押印欄は空白のまま目が覚めました。

三段目の水場は濁っている夢

昭和六十二年五月二十一日

ガードの所で幼馴染のKちゃんと、Aちゃんのことなどを話しています。

その後私は湧き水が出ている水場へ行きました。水場は三段になっていて、一段目の水は何かに汲んだような気がします。

私は顔を三段目の水で洗おうとしますが、そこは濁っていますので二段目で洗います。

その時遠くから、白いシャツを着たスラリと背の高い男の人が、じっと私を見ていることに気付きました。

白布で覆われた大きなものの夢

昭和六十二年五月二十四日

汽車が二駅ほど停まらず、その次の駅で停まりました。暴走したのでしょうか？

駅構内の線路上に、白布で覆われた列車のような大きなものがあります。

ふっと不安になった夢

昭和六十二年五月二十七日

私は二階の窓から、道路を数人の同級生が通り過ぎるのを見ています。側には職場のPさんがいて、色々と話し掛けて来ています。

私の後ろには男の人が立っており、背中にその人の足の温もりを感じながら、支えにしていました。が、その足がスッと外されました。私はふっと不安になりました。

二匹の甘鯛の夢

昭和六十二年六月十一日

甘鯛が二匹置いてあります。一匹は大きくまだ形を残していますが、もう一匹の方は、少し細めでうろこは剥がれ、無残な姿をしています。

私が大きい方の甘鯛に近づきますと、生きのいいきれいな姿に戻りました。銀色に光るうろこが美しい。

［夢みっつ］

昭和六十二年六月十二日

㊀　男の子が微笑みかける夢

小学校低学年くらいの男の子が、私ににっこりと微笑みかけてきます。

㊁　ＵＦＯは難なく飛び去る夢

海上でＵＦＯらしいものが、四、五機のヘリコプターに囲まれていますが、難なく飛び去りました。

㊂　弟がちょっと吃驚する夢

四角いテーブルで私の左側に弟がいます。私は弦の弛んだ古いギターを取り出し、ボロロンと弾き、弟に差し出します「弾いて！」。

弟はちょっと吃驚しますがギターを手に取りました。

泣いている夢

昭和六十二年六月十四日

その洋服店では、羊や他の動物達も洋服の展示に一役かっています。どの動物も体は白くされ、足先だけが黒いのです。

私はその動物達を交互に抱きながら「かわいそうに、こんな所に連れて来られて、もっとのびのびとした所にいたいでしょうに」と言いながら泣いていました。

「うんうん」と聞いてくれる男性の夢

昭和六十二年七月一日

私は男の人に一生懸命話し掛けていました。その男性は、「うんうん」と聞いてくれます。

楽しく談笑する夢

昭和六十二年七月二日

男性三人くらい、女性三、四人くらいに私も加わり、皆がとても楽しそうに談笑しています。

秘境の湧き水を中継する夢

昭和六十二年八月十九日

私は知られざる秘境の湧き水を、テレビで実況放送しています。三箇所目は沖縄で、まずは海を映し、きれいな海岸線に沿って時計と同じ右回りに進みます。足元には貝や海草が見えます。

高く聳《そび》えている二枚の岩は奥が深く、洞窟になっていて、そこから流れ出る源泉は海にまで達しています。

周囲には消防団の人達が大勢、中継を応援に来ていました。地元の人達も来ています。

ボロの洋服で買い物に行く夢

昭和六十二年八月二十八日

母と私はボロボロの洋服を着て、スーパーへ買い物に行きます。

家の守り神かと思った夢

昭和六十二年九月二十四日

母の実家です。座敷一杯にお布団を敷き詰め、皆眠っています。が、私は目が覚めていました。

暗い中、眼が慣れて来ますと、吹き抜けになっている所の柱や梁を伝いながら、甲冑を身に着けたような人が、音も無く降りて来ます。何やら用事を済ませてまた戻って行きました。

私は、家の守り神かしらと思いながら見ていました。

定めの大木が折れたという夢

昭和六十二年十月五日

母と炬燵《こたつ》に入っています。私は週刊誌の漫画のページを開き、箇条書きにストーリーが書いてある箇所を声を出して読んでいます。

そこには、定めの木であるオチョウの大木が折れたとあります。オチョウの木とは、枝葉のない白い枯れ木です。

その時私に、男の人が雪山で空を逆様に飛んでいる?場面が見えました。死んだのでしょうか。

聞いている母は吃驚しますが、私は「ただ読んでいるだけですよ」と淡々としています。

注意をされる夢

昭和六十二年十月十一日

庭で二人の男性とバレーボールをしていますが、私のボールはちっとも飛びません。サーブらしい構えで打っていますと、とうとう若い方の人に「その打ち方はなってない」と注意をされてしまいました。そして「左手からボールを放し、少し離れたところで右手で打つのに、あなたのはボールがまだ手の中にあるのに打っている」と言います。私は「だって飛ばないのですもの」と言い返しています。

真っ白い大きな二頭の動物の夢

昭和六十二年十月九日

目覚めた瞬間、今のは象だったのかしらと思ったのですが……

真っ白い大きな二頭の動物を見ました。

人が死ぬ夢

昭和六十二年十月十七日

知り合いであったS氏が、他界されたらしいのです。その事を知るという夢を見ました。

私は独り取り残されている夢

昭和六十二年十月二十九日

職場の人達は皆でグループになり、父母はペアーで何処かへ出かけ、私は独り取り残されています。

辛い厳しい人生を歩むという夢

昭和六十二年十一月四日

フレックスという名の白馬を見るのはこれが最後らしいのです。男の子が冴えない顔をしています。

母親が「最後にもう一度だけ会わせてあげるから行ってらっしゃい。これが運命なのだから」というような事を言います。

しかし、少年はとうとう見に行こうとはしないで、半分べそをかいたような顔をしています。

辛いとか厳しい人生を歩むというようなことを言っていたようです。

旅行に出る夢

昭和六十二年十一月十四日

観光バスを数台借り切って旅行をするようです。他のクラスは全て出発したのですが、私のクラスのバスだけが来ません。私は幼馴染のAちゃんとKちゃんに挨拶に行きます。その間にクラスのほとんどは歩いて行ってしまいました。しかし、男子生徒と女子生徒が一人ずつ私を待っていて、私もその二人と一緒に行きます。

三位一体の夢

昭和六十二年十一月十五日

私の側には妹か弟がいて、田舎道をずっと歩いています。土手の草むらの中に、小鳥の巣を見つけました。私は両手で小さな親鳥と卵を一個掴み、家で飼おうかと暫く考えるのですが、やはり巣のほうが良いに決まっているからと元に戻しました。戻したその時に、六角柱のガラスの器が見えました。正面から中を見ますと、そこには金の仏像があります。別の角度から見ますと、その少し後ろにまた金の仏像があり、今度はその横に布袋さんのような大きなお腹をした人の座像があります。またまた角度を変えて見ますと、またその後方に金の仏像と布袋さんらしき人の座像が見えたのです。

夢の中で私は「三位一体、三位一体」とつぶやいていました。

祖母を想った夢

昭和六十二年十一月十七日

知り合いの家の横にある分かれ道の所から、黒い親子の猫が私を見ています。親猫の片目は潰れています。夢の中でなぜか祖母を想いました。「おいで」と言っても私の側に近寄ろうとはしません。

元気な若者が海へダイビングをする夢

昭和六十二年十一月二十九日

私ともう一人の女性と、十代後半の元気な若者達四人は共に旅行をしていて、海を見下ろす崖の上のコンクリートに座っています。すぐ側に海に突き出た鉄棒のようなものがあり、元気な若者はそれで遊ぶのですが、私は横の方から冷や冷やしながら見ています。そのうちにその高い位置から、若者が海へ飛び込み出しました。四人目は少し下り、高さを調整して飛び込みます。やがて四人とも元気で上って来ました。

辺りは薄暗くなり、私達は宿へ戻ります。裸電球の下がった通路を通って道路へ出るのですが、その入り口の所で私は男の人に呼び止められ「帰るなら帰るとはっきりと言って貰わなきゃ困るじゃないか」と叱られました。「すみません」と言って私達は出て行きます。

裸電球の下がった通路は、最初は真直ぐに行き、右に折れて少し歩くと出口があります。

嫌な事でも我慢をしていると褒美を貰える夢

昭和六十二年十一月三十日

テレビ局の主催する合同結婚式が行われています。でもそれはちょっとふざけた結婚式のようです。一人の花嫁が怒り「こんなだから嫌なのよ」というような事を言いますと、大当たりとなりました。そして花嫁は「嫌な思いをさせられた後で、良い事があるのですね」と喜んでいます。

今度はご隠居らしい人が、木を鑿《のみ》で刳り抜いて造った祠《ほこら》らしき所を訪れています。壁面には加工者達の血判が残されています。ご隠居はそれを見て、とても不愉快になりました。するとその時、天狗のような人が現れて、ご隠居には宝が与えられました。その天狗らしき人が申しますには「嫌な思いを我慢したので差し上げます」という事でした。

フッ！と現れた男性の顔の夢

昭和六十二年十二月十一日

昨夜何とはなく考え事をしていて、ついうたた寝をしてしまいました。その時の事です。

男の人の顔がフッ！と目の前に現れたのです。以前仏様を見た時のように。

その男性は私の目を真直ぐに見詰めていました。顔全体から暖かみがにじみ出ているように、私には感じられました。

いったん目的地に着いてから出なおそうと思う夢

昭和六十二年十二月十二日

窓枠も屋根も無いオープンカーのような乗り物で、私は移動しています。途中に見える所ではその夜、実りのお祭りがあるようです。色々な人がその準備をしています。

私は隣で運転をしている男性に、「ここで降りたいです」と言います。すると「今はまだ駄目」と言われてしまいました。

私は『一旦目的地に着いてから、出なおすことにしましょう』と思います。

手負いの蛇に追い掛けられる夢

昭和六十二年十二月十四日

太っていて、普通の蛇のように長くない、手負いの蛇に私は追い掛けられました。

黒い服を着た女性に刺されそうになった夢

昭和六十二年十二月二十五日

私は夜になるのを待って、誰かにお金を渡しに行くために、家の裏から出ようとしています。縁側には、一人の女性がいて、私を監視しているかのようです。

その時、おかっぱ頭で黒いサングラスをかけ、黒い洋服を着た女性が、刃物を持って私に切り付けてきました。私は突き倒された状態になっています。そして気迫を込めて「誰!」と言いました。

その途端に目が覚めました。

黒い洋服の女性は刃物を持ってはいましたが、私を刺す時に刃先を逆方向へ向けていましたので、傷は負いませんでした。しかし、私はショックでした。

男の子と女の子を天井に置こうと思う夢

昭和六十三年一月八日

展覧会前の、準備中の会場に私達はいます。人数は判らないのですが、私には従っている人達がいるようです。

私は生花を担当します。広いお座敷ではそれぞれの場で、生ける準備を始めています。そんな中で私は、どのような材料がそろえてあるかを見て回ります。この世では見られないような花や葉が用意されています。白を基調とした花が多いようです。

その時私は『多分私のを用意する人は、これほどの物は集められないでしょう。が、しかしその時は、男の子と女の子を天井に置きましょう』と思います。別の部屋では母が二、三人の子供達と遊んでいるようです。

私は外に出ました。そこへ私が生ける材料を持って来ました。案の定ありふれた物ばかりです。私は微動だにいたしません。

私は乗り物を待っています。そこへ白黒の、ぶちの子犬がとても人懐っこく近づいて来ました。私は頬擦りなどをして、子犬と遊びます。少し離れた所から、従っている人達がその様子を見ています。

ロケットのように空へ昇る夢

昭和六十三年一月十六日

女の子は、飛行機の操縦の講習を受けています。そして今、ひと乗りして戻って来た所です。私はその子の付き人か、子守り役のような立場です。

女の子が言います。「お姉さんも一度乗せて貰ったらいいのに。気持ちいいですよ。あの講師に一緒に頼んであげます」と。

どうしたのでしょうその瞬間、私の体がグーンと空へ噴射したように感じました。真直ぐに上昇したのです。まるで自分自身がロケットになったかのようでした。

「男女」という事が示される夢

昭和六十三年一月二十五日

ストーリーというものは特にありません。ただ、「男女」という事が示されるのです。声がするというのでしょうか、ただ示されるのです。ここのところ二、三回続いていて、ハッ！　として目覚めてしまいます。

今朝もまた「男女」が示された夢

昭和六十三年一月二十六日

「男女云々……」と言っているようなのですが、どうしても解かりません。夢のように場面があるのではなく、言葉が聞こえ、それを聞いた私が文字にしているような感じです。そこで目覚めてしまいます。

いちゃもんをつけられて言い返す、喧嘩の夢

昭和六十三年二月十二日

外の水道の所にKちゃんと一緒にいます。側には女性二人もいます。Kちゃんは私に「帰りに寄り道しませんか?」と言います。何か相談事がありそうな口振りですので、私は「いいですよ」と応えます。

すると側にいた二人の女性がいちゃもんを付けてきました。私は腹が立ちましたので言い返しています。「何が言いたいのかをはっきりとおっしゃってください。あなたはどなたですか? 何処の人ですか?」と。すると「○○会社です」と返ってきますので私はさらに「○○会社は色々あります。所属は何処ですか?」というようなやり取りをしています。

夢の中では実に強気です。

大きな黒い犬を連れた少年の夢

昭和六十三年二月十六日

まだ十歳前後くらいの少年は、大きな黒い犬を連れています。少年の背中のリュックサックからは、黒い子犬が顔を出しています。

少年は旅をしているようです。年齢の割にはそれにそぐわない、思慮深い人のような落ち着きが見られます。

大きな黒い犬は、少年の周りを元気よく飛び跳ねていて、また犬は、少年をしっかりと守っているように見えます。

私は少し離れた所から、少年の後ろ姿を見ていました。

［断片的に覚えている夢ふたつ］

昭和六十三年三月十五日

一　眠くなったC先生の夢

我が家にC先生が、一歳と三歳くらいの二人のお子さんを連れて遊びに来ました。家には家族が二、三人います。

先生は「眠くなりました」と言われ、私のお布団で横になりました。

二　精根尽きてぐったりする夢

私は途轍《とてつ》もなく重く、大きな物を動かしたかどうかしたようです。精根を使い果たしきったかのようになり、ぐったりとしています。

祖母が「後から続く人がきっといますよ」と言って慰めてくれました。

昭和六十三年三月十八日

卒業式の夢

卒業式です。卒業証書授与の長い時間の間に、私はちょっと抜け出して、丘のような所を下り池へ来ました。池の水は澄んでいて、魚が見えます。それを見ていると、男の人が近づいて来て、私に何か話し掛けました。私はまた式場に戻ります。

私は生徒ではありません。教師でも、また来賓でもありませんが、教師の側にいます。生徒に貰ったのか、私の手には小さな紙片があります。そこには点を線で接いだ渦巻きが書いてあり、その線を切り抜き組み立てますと、亀の甲羅が出来上がりました。授与式も後少しで終ります。

一人の女性教師が、一人一人の卒業生の自宅に電話をかけています。御礼が返って来たり、そうではない返事もありますが、その教師は感極まって泣いています。

足の悪い男の子の夢

昭和六十三年三月二十八日

足の悪い男の子は抱かれて、病院通いをしています。母親と行っている時に私が「抱きましょう」と言いますと、男の子は笑って私のところに来ました。大きくて重いです。少し歩いて私は「こんなに重かったら車椅子にされてはどうですか」と言いました。横を見ますと、男の人が二人います。一人はその子の父親らしいので、抱くのを交替しました。

さわやかに白が黒に勝った夢

昭和六十三年四月七日

人が殺されているらしいのです。私達はかなり大勢います。追い掛けてくる人があり、私は女の子と一人の女性との三人で逃げて行きます。他の人達もそれぞれに逃げています。どういう所なのかさっぱり判らないのですが、ただ広い所を逃げ回り、いつの間にか私は二人より先に塀を越えていました。暗い家と家の間に逃げ込んだり、雪山を登ったり下りたりしていました。

下りた所では黒ずくめの男の人が、白いスーツを着た人に、一本背負いをくらいました。捕まってしまったとか、負けたというのは少しも無くて、爽やかに白が黒に勝ちました。ちっとも嫌な感じがしません。

妹がケガをしている夢

昭和六十三年四月十一日

妹がケガをしています。病院へ行くのに歩いて行きますので、私は近くの病院へ行くようにと促します。すると妹は「その病院には知り合いが多いので行きたくありません」と言います。私は『タクシーか救急車を呼んだ方がよかったのかしら？』と思っています。

昭和六十三年四月二十二日

［短い夢ふたつ］

一 ピンク色の蝿の夢

ピンク色の蝿が飛んでいます。飛んでいるのをピンセットで摘み、そのまま潰しました。潰すと普通に戻ってしまったようです。

二 買い物をしている間に事態が治まった夢

広い道路の向こう側で、ピストルを持った男が暴れています。私は知り合いのマーケットの中で、話をしながら買い物をしていました。その間に事態は治まってしまいました。

昭和六十三年四月二十八日

仲の良い子供の姿を見て心が和む夢

二人の子供がとても仲良く、母の実家で遊んでいます。他にも人がいます。私は外で用事をしていますが、家の中での子供二人の仲の良い場面を見て、心が和みます。

[夢みっつ]

昭和六十三年五月八日

一　お弁当を食べるのに座る場所が無い夢

余り広くもない事務所の中は、古い書類が山積みとなり窓も隠れ、天井にまで届こうかとしています。私は整理したら良いのにとチラッと思います。

机は五つあり、女性が一人座っています。私はお弁当を持って座る場所を探しているのですが、どの机にも先にお弁当が置いてあり、私が座る適当な場所がありません。『いざとなったら机の端っこの方でも構わないわ』と思っています。

二　体格の良い女性が妹のお布団に入る夢

妹はお布団で休んでいます。体格がとてもがっしりとした兄の女友達が来ていて、妹の布団に入ろうとします。私は妹を起こさないようにと、女性を近づけないようにします。

なぜか私はその女性に寝間着を貸しました。すると裾を十五センチほど鋏で切り、短くして着ています。そしてとうとう妹の所へ、脇の方から入って行ってしまいました。

三 出かけるのに何も用意されていない夢

私は出かけようとしているのですが、着て行く洋服も、ハンドバッグも何も用意されていません。

大きな船に乗っている夢

昭和六十三年五月十日

私はただ大きな船の船室にいました。他にも人がいたようなのですが、船室にいた以外には何も覚えていません。

私は先に食事を済ませる夢

昭和六十三年五月十九日

宴会場でしょうか、広い部屋にずらりと会食膳の支度を私は整えています。受付には二人の女性が座っています。

私は先に食事を済ませようとしているようです。男の人が二人いて、そのうちの一人が私の食事の世話をしてくれています。

呼んでも振り向かなかった母の夢

昭和六十三年六月十五日

私は飛行機で出張に出るようです。飛行機に乗る前に家へ帰っています。途中で二人の男の人と擦れ違いました。一人の人は後ろを振り返って私を見ています。家に着きました。家の中には母と妹がいます。私は外から「お母さん」と呼びかけましたが、私の声は母には届かなかったようです。母は振り向きませんでした。

二人のお坊さんの夢

昭和六十三年六月十六日

私は京都嵐山にいます。橋の上を一定の間隔を置き、菅笠を被り歩いている二人のお坊さんを、木々の間から私は見ています。

体の中で大砲を打っているかのような夢

昭和六十三年六月二十七日

昨夜のことです。寝入りばなに体の中で、ドーン、ドーンという音を聞きました。まるで体の中で大砲を打っているかのようでした。

犬に追い掛けられる夢

昭和六十三年八月十五日

私の他に二、三人いたようです。が、覚えています事は、吠える犬に追い掛けられて、大きな木に逃げていたことです。

二枚の便箋の夢

昭和六十三年八月二十五日

目の前で、白い物がフワッとしました。手に取ってみますと二枚の便箋です。そこには達筆で

〇千代様　神秘……

とあり、文章は続いていたのですが、それ以上は読み取れませんでした。

男性二人と会話をしている夢

昭和六十三年九月十七日

私は二人の男性と、明るい表情で会話をしていました。

父親に突き落とされる少年の夢

昭和六十三年九月二十日

十二、三歳の少年が、山深い洞窟に、父親の手で埋められています。それは、獅子が千尋の谷へ子を突き落とすのと同様、少年は父親に突き落とされているのです。少年の涙と鼻水が、顎の下まで垂れ下がっています。声を出して泣くわけにもいかず、逆らうことも出来ない子供は、ただ親の言いなりになっています。半年間という約束のようです。

それと同じ試練の時を終えた兄も一緒に、洞窟の入り口を塞いでいます。兄の顔には不安の色は微塵も無く、むしろ自信のような、誇りのようなものさえ感じられます。

少年は支度をするのに手間取ったらしく、父親に「それくらいの準備も、自分で出来なくてはいけない」と叱られます。

私にはこの少年は立派に成長すると思われました。なぜなら泣いてはいますが、この少年には不安が無いように感じられましたので。また母親の姿は何処にも見られませんでした。

道の無い山を登る夢

昭和六十三年九月二十九日

山を登っているのですが、道がありません。木の切り株や、古い雑草の堆積している斜面を、甥や姪達と登っています。

私は足を滑らせたのか、踏み外したかちょっと滑り落ちてしまいました。が、けがはありません。もう一度這って登り始めます。

男の子があっという間に青年になった夢

昭和六十三年十月五日

会場では催し物が行われています。薄暗く広いところでは、ブラスバンドや他のグループが、行進の練習をしています。

私はホールにいます。女の子が私に風車を見せに来ました。ふっと風を送ってやります。実は先程から気になっていることがあります。男の子が、遠くへ行かないようにと椅子に座らされ、動きが取れなくて泣いているのです。

暫くすると知恵が付いたのか、男の子は自分で出て来ました。ところが最初見た時はほんの小さな子供でしたのに、私の前を通り過ぎるその子は、私よりも背が高く堂々とした体格をしています。少し憮然たる面持ちに見えました。

洞穴の奥の方に明かりがある夢

昭和六十三年十月七日

私は一人旅をしています。歩いていますと、次々と子供が話し掛けて来ます。犬を連れた男性も女性も優しい視線を投げかけて来ます。また、犬も私の方へ来ようとします。土手の上から男の子が、道端の草を摘んで私に持って来てくれました。

洞穴のような所に着きました。左手には何かがあったようですが、判りませんでした。

正面には、男性の石像があります。それを一目見て私は『わあ！　ハンサム』と思います。それは入り口近くにありますので、外からの光線で見えます。奥の方には明かりがあるようです。私は、その洞穴を見て回る前に、まずお手洗いへ行くことにしました。

少女が大蛇になった夢

昭和六十三年十月二十日

少女が大人に犯されています。ところが少女は神通力のような不思議な力を持っていて、それでたちまち魅力的な大人の女性になりました。見ていますと、次には大蛇になりました。どうやら自分を犯した男の人に復讐をするようなのです。

私は、また人間の姿に戻る事が出来るのかしらと、気にしながら見ています。

［夢ふたつ］

昭和六十三年十月二十五日

一 生花の夢

私は生花の指導をしています。生徒さんは最初十人前後でしたが、知人Ｉさんの紹介で、二十人ほどに増えました。材料はなかなか良いものがそろえてあります。

三　髪を切る夢

御幸橋のたもとで、バリカンのような物で私は、髪を短く自分で切っています。切った後はまるで、頭だけが爆発でもしたかのようになってしまいました。

熊ん蜂に刺されそうになった夢

昭和六十三年十月二十二日

私は家にいるのですが、突然に人に疑いを持ってしまい、知人の家へと向かっています。その時大きな熊ん蜂が飛んで来ました。手袋をしている右手で、一度その蜂を払い落としたのですが、また飛んで来て右手の指先を刺されそうになりました。刺される寸前に目が覚めました。

かすめて飛んで行く蜂の夢

昭和六十三年十月三十日

緩やかな下り坂になっていて、結構人通りの多い山道を、私は散歩しています。他の人達も同じ方向へ歩いて行きます。

その時蜂が飛んで来て、私にぶつかりそうになりましたので、咄嗟にかがみ込みました。側を通り過ぎていく男の人が払い除けてくれました。そして振り向いて大丈夫かどうかを確かめています。

蜂は二、三匹、私をかすめて飛んで行きました。

下等動物に囲まれ悲鳴を上げている夢

昭和六十三年十一月二日

私はナメクジのような下等動物に囲まれているような感じで、悲鳴を上げていました。

指揮官が、取っている指揮の誤りに気付く夢

昭和六十三年十一月十四日

軍隊の中に、その町の有力者の息子がいます。数人が指揮官に逆らって反旗を翻し、建物の中へ入って行きます。隊長らしき人が、続いている人を捕まえて「止めろ！」と言いますが、「もう止められません」と返り、ドアが閉じられました。

女の子が畑で、立ってお小水を撒いている後姿が見えます。

「娘はとうとう体がまっぷたつになってしまいました」と、指揮官と同席している父親が言います。その指揮官は、自分が取っている指揮の間違いを皆におしえられているようで、ぐうの音も出せないでいます。

なされるがままになっているおばあさんを哀れと思う夢

昭和六十三年十一月二十七日

外国人一人を含んだ男女数人のグループが、おばあさんの家を解体します。その前に持ち物を調べています。骨董品を探し出し、ひとつの物だけを持って引き上げます。

古い貯金箱の中から、古いお金が出て来ました。私はそのことをおばあさんに「こんな

昔のお金が入っていますよ」と言います。おばあさんはもうただにっこりするだけです。私達は満足しながら引き上げています。が、なされるがままになっているおばあさんが、私には哀れに思えました。

帰り道、遠くに若竹の鮮やかな緑を見つけ、感嘆しながら家へ帰り着きます。

肉腫に侵された人の夢

昭和六十三年十二月二日

私は肉腫に侵されたような人と同居しています。その人は周囲の批難を浴びています。体がどんどん腐って行きますが、私は別に汚いとも思わないで側に付いています。外出して景色を見ている時に、その人は「死にたい」と洩らしました。私は『そう、死にたいと思っているのですね』と思います。

私に干渉しないで！と怒る夢

昭和六十三年十二月十二日

家の近くです。周りでは何人かの女性がそれぞれペアになって食事をしています。その時私は「私に干渉しないで下さい！」と怒っていました。

十三年も経つと立派に成長しているという夢

昭和六十三年十二月十三日

私は田舎道を、三歳くらいの女の子と歩いています。女の子は田んぼの中に何かを落としたようです。近くにはペアになっている女性がいますので、誰かが落し物を拾っているかもしれません。

私は女の子に話しています。「十三年も経つと立派に成長しているわ」と。今握っている小さな手も、十三年も経つともう大人の手になるという感慨を込めた内容でした。

・

霊柩車の夢

昭和六十三年十二月二十六日

霊柩車の姿を一瞬見たような気がしました。

［短い夢みっつ］

昭和六十四年一月四日

㈠　ナスに色をつける夢

ナスにスプレーで色をつけています。大きなナスです。どれもそうするようです。

㈡　げっそりと痩せている夢

弟がげっそりと痩せて、耳鼻科の診察を受けています。側には子供もいたようです。

㈢　何かを頂いた夢

私は何かを頂きました。それは中から光を発しているか、あるいは後方部から光を当てられているかしています。それが黒くシルエットになって見えています。

地底を散歩する夢

平成元年一月八日

畑と畑の間に穴があり、それは地底へと向かっています。私はこれから地底へ行きます。

道は、人一人がやっと通れるほどです。安全のための、柵もロープもありません。岩が上から張り出して来ている、大変狭く危険な箇所も通り過ぎました。岩の向こうからは、人の声が聞こえて来ます。さらに降りて行きますと、左奥の方では崖崩れが起こっています。地底の崩れを向こうに見ながら、私は右の方へ歩きます。

やがて道は上り坂になり、外へ出ました。

[夢ふたつ]

平成元年一月十三日

(一) 銃で撃たれたのは嘘だった夢

カウンセリング・スクールの人達と一緒にいます。私達は銃を向けられていて、外で腹這いになっています。

発砲しました。銃弾は私の右肩に当たりました。口から血を吐きます。死ぬのだろうと思っていますと横からK・Yさんが、「これは嘘ですよ」と言います。私は立ち上がり、『なるほど確かにこれは嘘だわ』と思います。

二 私も車椅子を支えたい夢

S・Yさんの知り合いか、お母さんかが、車椅子で階段を降りようとしています。みんなが周りを支えていて、私が入り込む隙間もありません。

［夢ふたつ］

平成元年一月十四日

一 私が歩いている所は平坦な道の夢

数人がそれぞれに道を歩いています。他の人達が歩く所は道路がゆがんでいたり、穴が空いていたり、ぶよぶよになったりしています。「さき程歩いた所と同じではないですか?」と言いながら、足元を確かめている人もいます。

私はずっと左端を歩いているのですが、私が歩く所だけは何ともありません。それで「私が歩いている所は大丈夫ですよ。皆さんこちらを歩きませんか」と言います。後ろにぞろぞろと人が並びだしました。

二　恐怖のお屋敷の夢

使用人が何人もいる大きなお屋敷の、奥の部屋へは行ってはいけません。使用人のいじめみたいなこともあっているらしいのです。

私は恐る恐る奥の部屋へ行きました。すると、二階から男の人の叫び声が聞こえてきます。私は急いで表へ飛び出しました。

次には、一人の使用人の家へ行っています。その家の壁には、扱いかねたような人を埋め込んでしまっているのです。その場所を指しておしえてくれます。私は、どうも男の人と女の人が埋められているような気がしながら見ています。

そのお屋敷は大家族です。私はガタガタと震え出しました。急いでその家を後にします。家に帰る途中で井戸水を飲みますが、見ますとアメンボの赤ん坊が浮いています。けれども、気にしないでお水だけ飲んでしまいました。

堤で魚を釣る夢

平成元年一月十五日

私は妹と弟、他に近所の友達と犬と一緒に、堤で釣りをしています。他の人は小さい魚しか釣れないのですが、私にだけは大きい魚が次々と釣れます。が、吃驚しました。大きくはあるのですが、半身しかない魚が上がってきたのです。しかし釣れる時の手応えは何ともいえません。

奇妙なものを払い除ける夢

平成元年一月二十六日

はっきりとは覚えていないのですが、何だか奇妙なものが取り付いて来ますので、私はそれを必死で払い除けていました。

誠実な男性が、溺れている犬を助ける夢

平成元年二月十二日

私の側にはちょっと陰気な、暗い感じのする女性がいます。そして一人の大きな男性もいます。男性はスマートではありませんが、もさっとした感じではありますが、誠実な人であるのは確かです。その男性は私を守っているのでしょうか。

海中に、死にかけている大きな犬が一匹浮かんでいます。誠実な男性が助け上げ、元気

になりました。私は犬の首根っこを、元気になってよかったねという感じで抱いています。犬は座ってじっとしていました。

大型犬が暴走する夢

平成元年三月五日

私は子供を抱いています。少し離れた坂道を、大型犬が上ったり下ったりして、暴走しています。私は近くの小屋へ避難します。他にも避難している人達がいました。

大岩の住人を訪問する夢

平成元年三月十四日

大岩の住人達を訪問する時は、岩肌にレールが掘ってあり、岩でできたケーブルカーのようなものを、手でうんしょ、うんしょと引っ張って行きます。外に張り出した岩には、各戸それぞれに、家の中を通る水が流れています。穴が空いていて、それは水洗トイレです。

岩の住人達の後から父も用を足しました。私はどんなになっているのだろうかと、中を覗いて見ました。底には黄色一個、白二個の玉が転がっています。父達は、あんな大きなものを出したのかしらと思いながらも、少し透明がかっているなと観察しています。

大岩の家はまるでマンションです。

すれっからしになった夢

平成元年四月四日

二人の女性（一人は母だったような気がしますが……）が、私の顔に着物を被せて、「すれっからしになりました」と言いながら私をくすぐります。私は「やめて下さい」と笑いながら言っています。

周りが見渡せるような場所に立つ夢

平成元年四月六日

私は山の中を歩いています。迷子になっているのではありません。背の高い木に、今にも咲き出しそうな白い蜜柑の蕾が膨らんでいるのを、小枝を寄せて見ています。

その後、周りを見渡せるような場所に立っていました。

食べ物に火を通す夢

平成元年四月十三日

原始人の若者は食べ物を、生のまま食べようとしています。私は岩陰で、火を焚いていていま す。焚き火で食べ物をあぶっているのを、原始人の若者は少し離れた岩の上から立ったままで、じっと見ていました。

［夢ふたつ］

平成元年五月二十一日

一 子供達を養子に出す母親の夢

みすぼらしい女性が、男二人女二人の、四人の子供を連れています。みんな自分の子供ですが、四番目の子供は、まだ産まれて間もない乳飲み子です。

母親は子供達を養子に出します。養子先は、旅館など、立派な家ばかりのようです。

二 黒い煙が入ってくる夢

私はビルの五、六階の部屋の中にいます。左手の方から、何かを燃やす黒い煙が入ってきますので、窓を開けたり閉めたりしていました。

幼い男児が火の中に飛び込もうとする夢

平成元年六月十三日

大きなクレーターのような所にいます。底の方には炎が見えます。クレーターの淵に、三、四歳くらいの男の子が立っています。男の子は、外国語で数字を二十まで数えて、火の中に飛び込もうとしました。間一髪、側にいた女性が止めました。

意志を持った黒い犬の夢

平成元年七月六日

私は少し離れたところから見ているのですが、部屋にスラリとした女性が入って行きました。その後ろにはピッタリと黒い犬が付いています。

黒い犬は、意志を持った顔つきをして、ごく当たり前という風体で入って行きました。犬がこちらを向いていた時に、黒い犬の背中の向こう側で、白い尻尾がくるりと巻いて立っているのが見えました。

玉を分けて食べた夢

平成元年八月十五日

夜でした。原住民の一人の男性が、自ら何処かへ行きます。老いも若きも付いて行きますが、ほとんどの人はここまでということで、それ以上行ける人は限られています。女性ふたりも戻るように言われますが、断ってそこにいます。

原住民の男性は、お腹を切り開いて、ニッコリと笑いました。

場所が変わって、私は狭いお店にいます。知人のN氏が来ました。N氏は、それを「食べました」と言われますので、「どんな味でしたか?」と訊ねますと、「苦かった」そうです。

ちなみに、切り開いた時一瞬見えたお腹の中は、黒う御座いました。

黒く成犬の足跡の夢

平成元年八月十六日

夢の中で、目覚めて見ますと、白い洋服に黒く、成犬の足跡が四、五歩付いていました。

［夢ふたつ］

平成元年九月六日

一　お餅を食べる夢

私達はお餅を食べています。上・中・下とあり、上はすべて食べ尽くしてしまい、中と下の話をしていました。

二　固まってしまった幽霊の夢

夜道を妹と歩いていますと、左前方に真っ白い着物を着た幽霊が立っています。私達は吃驚して、急いで家へ帰ります。帰る途中、私は必死で南無阿弥陀仏を唱えていました。家の手前まで来て、大きな蛇二匹に出くわしました。私は左足で一匹の頭を押さえ、左手で尻尾を掴みます。右手ではもう一匹の蛇を掴みました。両手で大きな蛇を持ち、私は仁王立ちになっています。妹も家から出て来ましたので、二人でやっつけてしまいました。

幽霊は出たところから動けず、そのままで私達を見ています。

夢？ イメージ？

平成元年九月二十四日

目は瞑っているのですが、目覚めているという意識がある時に見えたものです。
闇を背景にして、画面の左側から右を向いている、理知的な女性の横顔がありました。

人は見かけに寄らないという夢

平成元年十月五日

水道水を流しながら洗い物をしていますと、外から女の人が入って来ます。一人はうつむいた、一目瞭然陰気な感じの人です。私はその姿を目で追っていましたので、入って来るなり「暗いですよ」と言いました。するとパッと顔を上げてケロリとした表情で「あらそうですか」と言います。

私はいきなり後ろから脇腹をくすぐられ、吃驚して振り返りました。すると、背の高い女性が両手でVサインを出して、にこやかな顔をして立っているのでした。

お目当ての女性の年齢は三十歳の夢

平成元年十月十日

三、四人姉妹の一人に恋をしたアラビヤンナイトは、娘の家を訪れ、一人の娘と踊りながら年齢を聞きました。するとその娘は、ヒョイとベールを持ち上げて「二十八歳です」と答えました。この人はこの男性のお目当ての女性ではありません。男性のお目当ての女性は三十歳くらいの人です。この女性のお姉さんでしょう。

毒蛾の粉から逃げる夢

平成元年十月十七日

毒蛾の粉が飛んで来て、腕に梅の花模様の赤い斑点が出来ています。蛾が粉々になり、大量の粉が飛んで来ますので、私は避けるために、風上へ逃げようとしています。

平成元年十一月二十三日

［断片的な夢みっつ］

一　恋愛を意識した夢

これから試合があるという男性を、はっきりと恋愛感情を持って、見つめていました。

二　優秀作品者名の夢

何か作品を作るようです。優秀作品者名のところに、私の名前だけが大きく書かれてあります。

三　とても元気の良い小さな虫の夢

小さな虫を預かり、胸ポケットに入れているのですが、とても元気の良い虫で、すぐに私のポケットから遊びに出て行きます。

小さなものですから隅っこにでも入られたら見つけられなくなると、私は目が放せません。

小汚い赤ん坊の夢

平成元年十二月五日

私は赤ん坊を育てているのですが、その赤ん坊の小汚さが印象に残りました。

口の周りには何かが丸く付いていますし、着物は重ね着をさせてもらい、膨れています。

体がグルグル回転する夢

平成元年十二月十二日

屋根に穴が開いて、そこからどしゃ降りの雨が降り込んでいます。小さな動物も二匹入り込み、一匹は何処かへ行ったのですが、もう一匹が残っています。

私はその動物に化かされでもしたのでしょうか、体がグルグルと回ります。回りながら南無阿弥陀仏を唱えていました。

気がつくと、いつの間にか止まっていて、側に兄がいました。

大人の貝を取る夢

平成元年十二月十八日

海辺で男の人達が、一列になって貝を取っています。私は近づいて見て「私もこれくらいの貝でしたら取れますよ」と言います。すると一人の人が、「ここのところが真っ白なのは、まだ大人になっていないのですよ」と言いました。失礼しました。『大人の貝だけを取っているのですね』

乱痴気騒ぎに誘われた夢

平成元年十二月二十六日

女性が私を、「男性も交えて乱痴気騒ぎをしましょう」と誘います。側に男性が一人いますが、別に困った様子も見せていません。私は『男の人は乱痴気騒ぎをしても別に困ることはないでしょうけど、私は女ですから、それは困ります』と思っています。

大便をした夢

平成二年一月七日

メンバーの人達と、屋外のテーブルについて、食事をしようとしています。ところが、私はガラスのお皿に大便をしてしまいました。やわらかな黄色をした、きれいな大便です。それを隠しながら、トイレへ捨てに行きます。

山を下りた夢

平成二年一月十五日

奥深い山から、里へ下りて来ました。

毛皮の夢

平成二年一月十六日

とてもふさふさした毛皮が、数匹分置いてあります。

［夢ふたつ］

平成二年一月二十一日

一　黒い犬が倒れている夢

雪の中に、大きな黒い犬が倒れています。

二　セックスをした夢

宴会でしょうか、結婚式でしょうか、大勢の人がいます。私は、大きな男の人と男の子の三人でうたた寝をしていました。

明け方になって、私は部屋に三人分のお布団を敷きます。大きな男の人が来まして私に、「来るように」と言いました。

［夢ふたつ］

平成二年一月三十一日

一　ギョッとした夢

私は一歳未満の赤ちゃんの、寝相を直しました。すると突然「なぜ、向こうからこちらの方へ黙って移すのか」と言われました。

私は吃驚して、『無断で移動させることに、何かあるのかしら』と思います。

三　男の子がライトを探す夢

五、六歳の男の子が、大きな暖炉のようなところで探し物をしています。壁か、柱かに組み込ませてあるものを、ズイッと動かして、中を探り出しました。探し物があったようです。
それはライトのようなものでした。

こころがどよめき騒ぎ、不安になった夢

平成二年二月四日

田舎道を歩いていますと、私の横を人が暴走して通り過ぎました。その人の後ろから、止めようとする人も走って行きます。凶暴な人もいたようです。

私は恐くてたまらず、凶暴な人から逃れるために、木の陰に隠れていました。

すると、木の葉をかき分けて、私の目前に父が顔を出し、にこにこと笑いかけます。母

も私を助けてくれていたようです。私が安心するようにと、二人ともが心を砕いてくれているような気が、夢の中でしていました。

目覚めた私のこころは、かつてなく、どよめき、騒いでいました。

青年になった二人を何とか逃してやりたい夢

平成二年二月十九日

夜です。背中に数個の、黒い斑点のある猫科の動物が二頭います。二頭は少し成長しました。そしてその二頭は、二人の裸の青年に変わりました。

兄と私と弟がいます。

二人の青年は、生まれ故郷へ帰りたいといいますか、とにかく、その場から逃げ出したいようです。

私達は、何とか追手から、二人を逃してやろうと手を尽くしています。

束の間の安息の夢

平成二年三月十日

私はケーキ屋に勤める妹と、二人暮しをしています。そこへ妹の勤め先の同僚で、背の高い男性が同居することになりました。

話を聞きますと、商売はお客様サービスに徹しているので、それで評判が良いのか、繁盛しているのだそうです。

次の日の朝、六時半に出掛ける男性に、夕飯の有無を尋ねますと、「夜は友達と約束をしていますので要りません」ということです。

妹も出掛ける準備をしています。

ガンガンと叩く音の夢

平成二年三月十一日

体の中で、ドラム缶のようなものを、ガンガンと叩く音がしました。

悪漢どもをやっつける夢

平成二年三月十二日

私は刑事なのでしょうか。銃を持った悪漢どもを銃で撃ち、やっつけていました。

麻薬を吸う人種達から逃れる夢

平成二年三月十七日

私と妹・弟は、大きな昔の家を借りて住んでいます。屋根まで吹きぬけになっていて、大きな柱はどれも黒々としており、玄関には明神が祭ってあり、榊が供えてあります。また御幣の白さが浮き出しています。

私の部屋は絨毯とベッドになっています。絨毯には埃が積もっていて、中に黒い虫がいます。私が虫のことで騒いでいますと、隣に住む女性が落ち着いた様子で入って来て、「見てごらんなさい、何にもいませんよ」と言いますので見ますと、確かに何も、虫もいません。

その家は、麻薬を吸うような人種達の溜り場になっているらしく、私達を仲間に引き入れようとしているようです。

これはいけないと私は、二十代の男性と手に手を取って、隙を狙って逃げ出しました。追手が来られないような、道の無いところを選んで逃げます。私が崖の草を手掛かりに登ろうとしますと、先に登った男性が上から私の手を引っ張ってくれます。だいぶ逃げ延びたのでしょうか、前には海が広がりました。私達は、大きな角のある岩の上を、男性が先になり歩きますが、男性はもう大丈夫と判断したのか、その岩で休憩をします。

私は追手の事が心配で、周りを見回しますが、男性が落ち着き払っていますので、私も安心します。

白鳥に抗議をされる夢

平成二年四月一日

白鳥が首から上を私の膝の上に置き、疲れを癒しているかのようです。

暫くしますと目を開けましたので、「目が覚めたら起きなさい」と言いますと、「ガッ！」などと抗議をされてしまいました。

ここで降りたのでは割りに合わない夢

平成二年四月十二日

私は電車に乗ると靴を脱ぎました。そして網棚に置きました。途中下車をするのですが、靴の事を忘れてしまい、素足で降りようとします。が、思い出して網棚から取りました。運転手さんは靴の事を知っていて、ニコニコとしながら見ています。

幼稚園児くらいの少女が、嘔吐しながら道路を歩いています。両脇にはしっかりと祖母と母親が付いていて、心配そうに見ています。

私は、ここで降りたのでは割りに合わないと内心思いながらも、少女のことを気にしながら歩きます。

淋しさがいっぱいの夢

平成二年四月二十八日

父母・妹・弟が急に北海道へ行く事になり、荷物をまとめています。運送会社の大きなトラックが待っています。

ひとり置いていかれる私は、「どうして、どうしてですか」と問うています。

故郷の家に、私はひとり取り残されます。淋しさがいっぱいでした。

男性の精神の高さに強い感動を覚えた夢

平成二年五月三日

男性は身の潔白を証明してもらうために、女性のアパートを訪ねました。外に出て来た女性から、何か一言浴びせ掛けられたようです。

私は少し離れたバス停のような所にいます。周りには、授業を終えた知人の女学生達が集まっています。

男性は、広い部屋に仰向けになっていました。やがて下着を取りました。素っ裸です。背の高いスラリとした、若く美しい姿で、ピンと張った皮膚は光って見えます。

マッチをすり、その陰毛に火をつけたようです。私は、ウッ！　という声を聞いたように思いました。

細面の、年配の医者が診察しますが、その部分を見て、顔を背けます。何とも痛ましい表情をして……。

二人がそれぞれに同じ体験をする夢

妹は妹で、私は私で、それぞれに同じことを体験していたように思いました。

平成二年五月十五日

泳ぎの達者な親子の夢

病を持った少女とその両親とが、海を泳いで対岸の医者へ行っています。

私と妹は、ボートの所へ行きながら、親子の泳いでいる姿を見ています。何とその泳ぎの速いこと、速いことといったらありません。

平成二年五月二十一日

針の筵の跡を労ってくれる男性の夢

私の背中や首筋には、針の筵の跡がいっぱいついています。

それを見つけて、優しく労ってくれる男の人がいます。

ちょっとお役人を感じさせる男性でした。

平成二年六月四日

危険を察し逃げ出そうとする夢

平成二年六月九日

私達は、岩ばかりの余り大きくない島にいました。岩陰に、男の人が死んでいるのを誰かが見つけます。私達は危険を察しました。逃げ出さなければなりません。

私は大勢の人に指示を与えています。「身軽になる事。貴重品はなるべく肌身につけること」と。

［夢ふたつ］

平成二年七月七日

一　消えた女性は宝船？の夢

二人の男性が話をしています。二人の間に一人の女性（私かも知れません）がいます。が、女性が消えました。

消えた後に、ひらがなで「たから」の文字が浮き出ています。

右側の男性が「この方は」とか「この女性は」と言います。左側の男性が「たから島？」と問います。すると右側の男性が「いいえ、たから船～」と高らかに言いました。

二　恥も外聞もなく泣き出した夢

大きな屋敷の渡り廊下近くでの出来事です。

二人の男性がいますが、一人の人が、「もう一人の男性は自殺しようと思っています」と、私におしえます。

私は「死なないでえ〜」と言い、恥も外聞も忘れて、うわあ〜んと泣き出してしまいました。

すると男性は思いとどまってくれました。よかったです。

平成二年七月二十五日

空を飛んでいるイメージ

私は空を飛んでいます。背中に三、四人の人を乗せて、地面と水平飛行をしていました。

平成二年七月二十九日

私だけに見える観音さまの夢

大判の本に、兄が筆で何かを書いています。私は妹に、母を呼んできてもらいます。今度は弟が羊の絵を書きました。

母が来ましたので、私は兄達が書いた物を見せました。それは童話の本でした。次のページをめくり、私が鉛筆で下手な字を書いていますと、そこに毛筆の文字が浮かんで来ました。さらに次のページをめくりますと、観音さまが墨で書いてあります。頭に飾りがあり、ちょっと豪華な印象を与えますが、穏やかな表情の、瓜実顔の美しい観音さまです。しかしそれは、どうも私だけにしか見えていないようでした。

泥水には寄生虫がいる夢

平成二年八月五日

道路脇の泥水《どろみず》の水溜りには、カニのような寄生虫がいて、私は観察しています。道路上には、精巧なプラモデルカーが二台走っていますが、道路清掃車が通り過ぎました。二台はどうなったかと見ますと、道路に穴が開いていて、そこに入っていました。私は二台を取り出して、道路に戻します。

洗面器大のプリンのような物が、道路脇にあります。私はメスで触れながら、それも観察します。それにも寄生虫がいます。男の人が来て、それに指で直接触れようとしますので、「直接触れないように、これで触れて下さい」とメスを渡し少し説明をして、私は家へ帰りました。

茶の間には、知人のS氏やYさんがいます。S氏は席を外し、リーフパイを一枚持って戻って来て、パイを私に下さいます。

裏口からは、マスコミ関係者数人が入って来ようとしています。私は、早く退散しようと思っていたようです。

平成二年八月十三日

［夢ふたつ］

一 お花畑の夢

N家の庭には、背の高い花がいっぱい咲いています。裏へ行きますと、ドライフラワーにしたものを、紫色に染めていました。

二 両親からお小遣いを貰う夢

これから出掛ける父母に、私は留守番を頼まれますが、家には幽霊が出るらしいのです。

母は、剥き出しのお金を小遣いとしてくれましたが、父は白封筒に入れてくれます。そして恐れている私に、「幽霊はいつもいるけど、ちっとも恐くなんかないよ」と言いますので、『では大丈夫』と安心しました。

交通事故を目撃した夢

平成二年八月十七日

おじいさんとおばあさんの五、六人が、道路脇に立っています。その時、一人のおばあさんの頭に、トラック後部の角が当たり、おばあさんが倒れました。

私はその交通事故を目撃しました。すぐに近所の家々へ、救急車を呼んで貰うように、大声で頼んで回っています。

ふとおばあさんの事が気になり見てみますと、知人のＩ氏がおばあさんの傍に付いていました。どうやら救急車も来たようです。

山火事の夢

平成二年九月四日

私は妹と歩いています。向こうの山で山火事が発生しました。私達は逃げて海岸まで行きます。途中の家に火事のことを知らせようとするのですが、のどが詰まったようになり、声が出ません。それでもやっと声を出し、何軒かに知らせます。

みんな海岸へ避難してきました。海岸は広い岩になっています。ところが火がそこまで来ているというのに、人々はのんびりと踊り出しました。

私は打ち寄せられている藻に、火が燃え移っては危ないと、藻を集めては山際へ持って行きます。

ひとりぼっちになる夢

平成二年九月十一日

広い部屋の中で、それまで大勢いた人々がぞろぞろと出て行き、私ひとりだけがぽつんと、椅子に座っています。

結婚がテーマの夢

平成二年九月十七日

私ともうひとりの女性と、男性ふたりの私達は、結婚を前提に交際をしているようなのですが、もうひとりの女性は、結婚に余り気乗りがしないようです。

私は、結婚するならば二人ともしたいし、片方がしないというのであれば、止めようかしらと思います。

よく熟した果物はまだ食べられない夢

平成二年九月二十二日

私達は、見知らぬ南の国を旅しています。土地の人がよく熟した、実に美味しそうな果物を食べています。

私達は、その果物を何処で手に入れることが出来るかを聞き、行商人の方へ行きます。行商人もこちらに近づいて来ています。

ところが、私達が狭い出口のところで、障害物か、小さな揉め事で塞がれてしまっている間に、行商人は外の広い道路を通り過ぎて行きました。私達は、『後戻りをしなければならない』と思います。

果物を美味しそうに食べる動物の夢

平成二年九月二十六日

農閑期の田の畔に、膝丈くらいの木があり、それには梅干のような実がなっています。小さな動物がその実を、美味しそうに食べています。貯蔵もしているようです。

猫が人間になった夢

平成二年十月？日

私は外で寝ています。各県から一匹ずつ集まった五、六匹の猫が、私の横で滑り台のようにして遊びます。猫達は人間の言葉で話をしています。

床下では、女っぽい猫が仰向けになり、男っぽい猫が観察しています。

猫が人間になりました。高校生くらいです。私は股間をポンポンと叩いて、からかっています。

土砂崩れの夢

平成二年十月二十六日

左手の広い斜面になっている所の土は、固まっていません。妹がその草むらへ入って行きます。

私にはその斜面の土が動いたように見えましたので、妹に道路へ出るように言います。近くにいた学生服姿の男性もしゃがんでいます。危ないから出るようにと叫んでも、二人とも出ようとしません。

私は急いで行って、二人を引っ張って来ました。危機一髪土砂崩れです。

一度目覚めて、目を瞑った瞬間の鮮やかな映像

平成二年十一月二十日

静かな陽射しの中、角が取れて丸くなった石がたくさんあります。一個一個の石に円があり、その円の中には仏さまが彫ってあります。

その中で、際立って大きな、滑らかな表面を生かした自然石にも、円の中に仏さまが彫ってあります。その岩には天辺にも、小さな円の中に仏さまが彫ってあります。円だけはくっ

きりと見えます。

まるでカメラで、全体からその小さな仏さままでをズームアップしていくという、一瞬の出来事でした。

その後、その画面が焼き付いて離れません。

蝋燭が二本静かに燃えている夢

平成二年十一月二十六日

闇の中に、石灯籠の常夜灯が二燈、今入れられたばかりのような真新しい長い蝋燭が真直ぐに立てられ、静かに燃えています。

他にも、十前後の常夜灯が輪のようになっていますが、明かりはついていません。

植木の精？の夢

平成二年十二月三十一日

友達が遊びに来ていて、テーブルに着いています。ベランダの方から、若い見知らぬ女性が入って来て、テーブルに着きました。私達は呆気に取られて見ています。

別の日、またベランダの方から若い女性が入って来て、テーブルに着きます。私と母と妹は、お茶の準備をしながら「ベランダには植木しかないのにねぇ」と、鉢植の大きな植物を想像しながら不思議がっています。

女の子がピアノを弾く夢

女の子がピアノを弾いています。練習をしているのでしょうか。

平成三年一月一日

バッグよりも帽子の方が気になっている夢

私はKちゃんと一緒に景色を見ています。お墓参りをするというAちゃんとは、お墓の入口の所で小母さん達が待っているので別れます。

坂を上り詰め下りになる所に、強力な蜘蛛の糸が、壁のように道路を横切っています。私は地面を這って二つを通過します。立ち上がって見ますと、今通過したもの程強力ではありませんが、また二つほど蜘蛛の糸の壁が道路を塞いでいます。辺りを見回しますと、

平成三年一月二日

左側に脇道があるのを見つけましたので、そこを行こうと思います。

坂を上って来る数人の女性に気付きました。あの人達は蜘蛛の糸をどうするのだろうかと見ていますと、何人かは脇道へ避けました。ですが、ひとりだけは、勇敢といいますか、無造作といいますか、無作法といいますか、そんなもの気にもしないとでもいうように、蜘蛛の糸を体に巻きつけながらどんどん通り過ぎて行きます。

私は呆気に取られながら、あのべとべとをどうやってとるのだろうと、ちょっと心配しています。

私はいつの間にか、母や知り合いの人達と一緒に歩いていました。道路脇には円筒型の変わった建て方をした家があります。私は「あそこに人が住めるの?」と聞いています。

私達は夏の名残のしている帽子屋の前を通り過ぎて、隣の手作り風のバッグ屋に入り、それぞれに品定めを始めました。

私はハンドバッグよりも、さき程チラッと見掛けた帽子屋に掛かっていた帽子の方が気になっています。ハンドバッグをひっくり返しながら、帽子のことを考えていました。

患者さんと接する夢

平成三年一月三日

作業をしているのでしょうか、患者さんと接しています。別々のことをしていますので患者さんは二人のようです。

振り向いた青年はバツが悪そうだった夢

平成三年一月十日

青年が私に背を見せて、向こうへ行こうとしています。私がちょっと驚いたように「あなたなの！」と言いますと、青年は振り向きました。その顔は、何かバツが悪そうな表情をしていました。

不思議な力を持つ少女の夢

平成三年一月十三日

不思議な力を持つ少女は、先生やクラスの人気者です。だけど、その少女は恐いと思いながらも、赤ちゃんを抱いた女性が現れたら、時空を超えて、何かとの闘いに行かなければなりません。

皆と歩いていますと、向こうから、赤ちゃんを抱いた女性が来ました。

山の中の険しいところで、その女性を後ろに庇いながら、少女は呪文のようなものをつぶやきます。

そして、少女が勝ちました。

馬用のお風呂に入る夢

平成三年二月一日

私は馬用のお風呂に入って、体をごしごしと洗っています。

私が上がりますと、次に馬が入ります。父と母が馬を連れて来ました。

野生は野性？の夢

平成三年二月十九日

部屋の中では兎やハムスターが飼われています。兎が痩せ衰えそうにしていますので、私は「お腹が空いたら、お腹が空いたといいなさいね」と言いながら、畑に野菜を取りに行きます。

外では、山から連れてきた狐の子やイノシシ達が、自由奔放にしています。花畑などめちゃめちゃに踏みつけられていますし、川もぐちゃぐちゃに荒らされています。でも、誰も怒る人はいません。

自由に遊び回る動物達を、やさしく見守っています。近くの畑にいる人もニコニコと見ています。

大いなる女性が出て行く夢

平成三年二月二十四日

私達を守り、育ててくれた、大いなる女性としか表現の仕様のない女性が、「去ります」と言いました。私は、胸が詰まり、夢の中で泣いていました。

過酷なカーレースの夢

平成三年三月七日

男女それぞれの二人組が、過酷な自動車レースに出場しています。男性のペアは、一人は細く、もう一人は太っています。車を降りて通らなければならないようになっている所は、リンボーダンスのようになっていて、細い方の男性は難無く通ったのですが、太った方の男性は、顔を地面に擦りつけて、ようやく通れそうなのです。が、地面は動物が歩いた後のようでもあり、顔を擦りつけるという事に躊躇があり、半ばギブアップしようかと思っています。

女性ペアの方も、連れていた動物が死んだり、事故でケガをしたりとハプニングが続き、いったんはレースを放棄したようですが、気を取り直して再開しました。放棄していた期間は十日ほどだったようです。

多分、いいえきっと、男性組も根を上げないで続行していることでしょう。

血痰を吐く夢

平成三年三月十四日

痰がからみます。痰を吐き出すと、血が混じっています。血痰でしょうか。吐く度に、結構大きな固まりでした。

知人が少年で登場し、私をじっと見ています。

［夢ふたつ］

平成三年三月二十三日

一　更に大きな魚の死の夢

川で洗い物をしていて、ふと左後ろを振り返りました。すると浅い川の中に、五十センチ前後の魚がゆらゆらとしています。

何か気になり、少ししてもう一度振り返って見ました。すると、それよりも更に大きな魚が死んで浮かんでいるのでした。

二　少年が自活を始める夢

父親を亡くし、一人残された少年は、形見の品であろうか碁盤と碁石を持ち、バスから降ります。少年は、色々な人が座っている路面の空いた場所に碁盤を置き、座を占めました。少年の生活が始まりました。

その毅然とした態度。近所の小母さん達の心配をよそに、少年の足取りの確かなこと、しっかりしていることといったらありません。

凶暴性を持つ犬と、青い手首の夢

平成三年三月二十五日

大型種の犬が五匹います。見かけは立派そうなのですが、その内面には、いつ現れるかも判らない凶暴性を秘めています。私達女性三、四人は、ロングドレスを着ています。犬達が、私の側に寄って来て、臭いを嗅ぎます。私は、凶暴性が出たらどうしようと、内心冷や冷やしています。

するとタキシードを着て、ステッキを持った男性が、ステッキで犬を殴りつけました。殴り殺したのかも知れません。

私の身長よりも大きな、ドラム缶のような物があります。その上部には、穴が空いているようです。その穴を、二、三人のタキシードを着た男性達が覗き込んでいます。とそこから、青い手首だけが、スッと宙に浮いて来ました。

白孔雀が静かに羽を広げている夢

平成三年四月二日

私は窓辺に座り、知人のIさんと話をしています。私達の前で、白い孔雀が二羽、静かに羽を広げています。右側のははっきりと見えるのですが、左側のは少し小さく、そしてぼやけて見えます。

私はIさんに、孔雀のことをおしえてあげようかと思いながらも、余りにも夢中になって話をしているIさんを見ていて言い出せず、とうとう私は、話もぼんやりと聞き、孔雀もぼんやりと見てしまっていました。

恐竜が右へ向かって走り出した夢

平成三年四月九日

次から次へと色々な夢を見ていました。

砂漠の、山のような岩の陰になっている所に、マンモスやその他恐竜の群れがいました。突然、化石のように微動だにしなかった恐竜達が、砂煙を上げながら右に向かって走り出しました。

トップでいてもちっとも面白くない夢

平成三年四月二十二日

私はマラソンで、トップでゴールインしました。でも、トップでいてもちっとも面白くないと、皆と一緒にまたスタートラインに立っています。

虫がぐったりしている夢

平成三年四月十九日

虫が容器に入れてあり、尖った薄い草も数枚入れてあります。見ると、大・中いる虫はどうもぐったりとしています。手で水を掛けてやると動き出しました。

私は外へ、虫の好みそうなやわらかな丸っこい葉を探しに出て行きます。

枝先にマリのように咲く花の夢

平成三年四月二十六日

行楽客で賑わう観光地に、私は両親といます。母から「これをお持ちなさい」と花を手渡されました。

その花は沈丁花に似ています。花は大小ふたつずつ、枝先に丸くマリのように咲いていて、ふた枝あります。色はクリーム色で、葉は付いていません。

私には「良い夢」と思えた夢

平成三年五月十日

小さい幼児と大きい幼児が向き合い、仲良く遊んでいるような場面でした。

成績優秀な人間を育てる?夢

平成三年七月八日

集金に回っている母子がいます。そして母は子を叱っています。「お金を××円分も損をして貰って……」と、役立たずだと男の子を責めているのです。

営業マンでしょうか、二人の男性が通りすがりに、何とも言えない表情をして行き過ぎました。

私は背中で、母子の様子を感じているのですが、私の気持も複雑でした。

子供は母を助けようと手伝っているのに、あんなにもひどい言い方をしなくてもよいでしょうにという気持と、子供は親から叱られながら育つものだと。叱られながら育つ中で、成績優秀な人間も育つのかもしれませんという気持ちなどが入り混じっていました。

着ては歩けない八重桜のスカートの夢

平成三年七月十一日

故郷の道を女の子と手をつないで歩いています。あちらこちらには、桜の花が満開でとてもきれいです。

道路脇の小川の側にも、二、三本八重桜が咲いています。

まだ若い女性が、八重桜をデザイン化した洋服を作っています。薄い布地にピンクの桜柄の入ったものを数十枚も重ねて、八重桜のイメージを表現しているスカートが数枚、置いてあったり、ハンガーに掛けてあります。

私は着ては歩けないけれども、きれいなので一枚くらい欲しいと思いながら見ています。近くにいる女性が、「こういうのは作ることに意味があるのですよね」とか「つくらなければならないのですよね」と言います。洋服を作っている女性は短く「はい」と返事をしました。

［夢ふたつ］

平成三年七月十五日

一　難破船の底にあった白骨の夢

小学生から中学生まで十人前後の子供達が海岸で遊んでいます。私もその中の一人です。私達は、打ち上げられている難破船の中へ入って行きます。床板を剥がしたりしながらどんどん底へと降りて行きます。

やがて一番底に辿り着きました。一つの箱があり、開けると骸骨が入っています。薄暗い中で、骨の白さが妙に浮いて見えました。

二　父親の骨を受け取りに来た男の夢

私は畑を耕しています。地表から三十センチくらいの所までは土がよくほぐれているのですが、その下は固いので、柔らかくしようと鍬で掘っています。

畑の傍らには、ドラム缶のようなものが置いてあります。

不意に男の人が来まして、「そのドラム缶のような物の中には、私の父親の骨が入っていますので、持って帰ります」と言います。

私達は、そこで少し押し問答をしました。

原始を感じる少女の夢

平成三年七月二十五日

寝入りばなに瞬間見た光景なのですが……。

白黒で大勢の大人の後姿があります。そんな中、大人の間に混ざって、一人だけこちらを向いて立つ少女がいます。

小さなずんぐりとした体型で、足は大地を踏みしめており、撫で付けたような髪の中に丸い顔があり、濃い眉と、ぐっと見つめるその大きな瞳《め》は、私に何かを伝《い》いたそうです。

他の人はモノトーンなのですが、その少女にだけはずんとした重みのある色を感じます。

そして少女は、右手の平を上にして、ゆっくりと私に差し伸べました。

［夢ふたつ］

一　自殺の原因究明に生徒全員が取り組む夢

平成三年七月二十九日

女子生徒ばかりのクラスで、二、三人からの苛めにあった生徒が自殺をしました。

他の残ったクラスの生徒全員が、原因究明に動き出しました。知恵を出し合い、てきぱきと考えを進めて行きます。

二　散歩をしている少年の夢

倉敷のような町並みを、三、四歳くらいのいかにも坊ちゃんという姿をした男の子が、ぶ～らりぶらりと手持ち無沙汰に歩いています。

ゴムのワニを踏んづける夢

平成三年八月五日

道路を歩いていますと、口先の尖っていない、丸い口のワニと出くわしました。
そのワニが靴に噛み付いて来ましたので、私は足を振り払い、その後ワニを踏んづけてみました。もがきもしなければ、抵抗もしない、まるでゴムのようです。

柄杓で湧き水を飲む夢

平成三年八月二十七日

中学の同級生に案内されて、人里を離れ山の方へ向かっています。宗教団体でしょうか本堂のようなものを建設しています。それを左手に見ながら、道は山へと向かいます。暫く歩きますと、道は左へ折れました。さらに行きますと、道の右側に、湧き水をコンクリートで四角く囲った水場があります。

友達が小さな柄杓で水を飲みます。続いて私も柄杓で水を二杯飲みました。そして友達はさっさと帰ってしまいます。

私には、今の水場よりも少し下がった所に、もう一つ水場があるのが見えました。そちらの方が水は透明です。

母も湧き水を飲む夢

平成三年九月三日

中学生の弟が、山越えをして帰るというので、私達家族は心配して待っています。やがて、まもなく無事に帰り着きました。

家から少し山に入った所に、湧き水が出ているところがあります。その水を母が飲んでいました。

私の自立の夢

平成三年十月十一日

私には、父と母は妹ばかりを可愛がるような気がします。

食事をする時も、仕事に出かける時も三人で出掛けて行き、私は一人家に取り残されます。

私のこころは乱れました。

暫くの後、私は一人で生きて行こうと思います。この乱れた心を静めるにはまずは書く事だと思い、白紙を取り出しました。

ここから先のことはもう知っていると思う夢

平成三年十月二十五日

大きな船上にいますが、両親は私に素っ気ないのです。私は食後の片付けをしようと、お皿を持って台所を探し、船中を歩き回っています。

甲板にいるのでしょうか、廃船が海に沈んでいるのが見えます。人が並んでいるのを横切る時、女の子と目が合いお互いに微笑を交わします。

通りがかった水兵さんに事情を話しますと、「私が持って行ってあげましょう」と、快く引き受けてくれました。

見覚えのある通路に立っています。そして、『ここから先のことはもう知っている』と思います。

暗い地下でうごめく人の群れの夢

平成三年十一月二日

筆を洗っていますと、壊れてしまいました。直るものならと思い、修理に持って行きます。

大きな呉服屋の地下で、筆職人は働いています。筆職人の所だけは明かりが灯っています。

私は、その地下は意外と広そうなことに気付きました。そこで歩いてみる事にしました。目が慣れてきますと、暗闇の中に大勢の人が声も出さず、うごめいているのが見えて来ました。その地下は大変広いようです。

また、大変多くの人々が、日も差さない闇の中で、寝そべっていたり、立っていたりしています。通り過ぎる私を見ている人もいます。目が合った人もいました。

小型犬がジャンプして頭に噛み付いて来た夢

平成三年十一月十五日

私とKちゃんと年配の女性は海岸へ来ました。Kちゃんが海を覗き込んでいますと、イヤリングが落ちてしまいました。海の中には他にもイヤリングが落ちています。が、Kちゃんの物はありません。海底に見つからないと思ったら、なんと海面に浮かんでいました。

どうしてだか分からないのですが、Kちゃんと年配の女性はずぶぬれになっています。

洋服を乾かしたいのですが、周りは森です。その森の中を歩いている時、ふと二人の洋服を見ますと、なんとアイロンを掛けたばかりのようにぴっちりとしているではありませんか。

森を出たところに、朽ちかけた倉庫のような建物があります。年配の女性はさっさと建物の方へ行ってしまいました。

何処から来たのか小型犬が、私達に牙《きば》を剥《む》いています。Kちゃんは通り過ぎたのですが、その犬はジャンプして私の頭に噛み付いてきました。払い除けようと思えば払い除けられたのですが、その前に『何でしょうか？　これは！』と思っています。

母がボケてしまっている夢

平成三年十一月十九日

母がボケてしまい、かなりの無茶をしています。付き添っているのは、父と私と私よりも年上の女性です。

私は夢の中で、一生懸命に母の話を聞こうとしてはいたのですが、目覚めてから、もっと身体接触もしていたら良かったと思います。

雪と氷の中に埋まっていた夢

平成三年十一月二十五日

私は雪と氷の中に埋まっていました。私以外にも男の人達が数人いました。

寝入りばなに見た夢

平成三年十一月二十九日

寝入りばなの事です。瞬間、背が低く、ずんぐりとした醜い女の姿が浮かびました。その時私は、『私の中にはあのような醜い姿の面もあります。確かに』と思いました。

冷静に不思議だなあと考え出している夢

平成三年十二月二十七日

私はマッチで遊んでいたのでしょうか。突然、パンパンパンパンと花火が上がりました。葉煙草が、袋の中に入っています。袋の奥の方に火があるようです。私は悪戯に、煙草を口にくわえ、火を付けようとします。「火はどこですか?・」と兄に聞きます。兄は面白がって、袋の表面を指します。私は煙草をくわえ、火を付ける真似をしました。母が止めます。煙草に顔を近づけますと、急に白い煙が立ち上りました。私は花火にも、白い煙にも少し驚きましたが、『ただマッチを擦っていただけなのに、何故花火が上がらなければならなかったのだろう』と、また煙草の煙でも、『それまで火があるかどうかさえも分からないような状態であったのに、なぜ突然に、あんなにも白い煙が立ち昇らなければならなかったのだろう』と、冷静に考え出し始めていました。

白鳥座の夢

平成四年一月十九日

私は友人に紹介された男性の肩車で、大阪まで歩いて催し物の会場へ行きます。閉まりかかった土産物店を見ています。外に並んでいるのは貯金箱やガラス細工のようなものですが、帰る時間になったのか、男性が迎えに来ましたのでまた肩車に乗ります。そしてまた家まで歩いて帰りました。

私は先ほどの男性の妹と一緒に歩いています。妹の同級生と擦れ違います。擦れ違いざまに短く言葉を交わしました。どうやら人を捜しているそうです。

途中から男の子と一緒になりました。捜していたのは、どうもこの子のようです。ところが、暫く歩いているうちに男の子はいなくなってしまいます。一緒に歩いているメンバーは、女性が増えているようです。

いつの間にか夜になっていましたが、まだ捜しながら歩き続けていました。誰かが「あっ、あそこにいるのではありませんか」と指差します。黒々とした山の頂のその上を、白鳥が飛んでいます。

皆で見ていますと白鳥は消え、星が燦然《さんぜん》と輝き出しました。白鳥座です。

その星座の右下辺りに短く二行ほどの文字が、空に見えました。内容は忘れましたが、星の大きさと、強い輝きが残っています。

天気の良い日の出来事の夢

平成四年一月二十六日

自転車を押しながら、少し年上の女性が、私とKちゃんを案内し、田舎道から右へそれて登って行きます。そして自転車を置きました。

着いた所は、上には空しかない岩山の頂上で、眼下には広々と海が広がっています。その岩山は海まで垂直に切り立っています。

案内されたのは、岩山の途中にある、小さな洞穴です。そこには鳥の巣があり、卵が二、三個ずつ産み落とされています。

同じ高さでずっと、人が岩壁にへばりついたようにしてやっと歩ける幅の道があり、小さな洞穴は右にも左にもあります。親鳥も卵を見守っているのですが、人間も付いていて一緒に卵を見守っているのでした。

私達はそこに案内されているのですが、私は身動きすら出来ない場所に立っており、恐さの中で、どうやって頂上へ登るのだろうかと思っています。下を見ますとぞっとして、思わず南無阿弥陀仏を唱えていました。

良い天気の日の出来事でした。

K先生のお宅を訪問している夢

平成四年二月二日

K先生のお宅を訪問しています。訪問客は私以外にも何人かいます。

家は裏が山になっているのか、斜面に建てられていました。感じのよい成人した一人息子さんがおられます。気さくそうな方です。

夜になって庭へ出てみますと、息子さんは水を撒いていたようです。

先生とどういう形で会ったのかは分かりませんが、お会いできた事は確かです。

身動きが取れなくなり泣き出した夢

平成四年二月十二日

まるで蟻塚のようです。大きな迷路のようになっている所では、どの部屋でも魚を下ろしています。市場かも知れません。

私はまだ子供です。両親がそこで働いているのでしょうか、私はあちらこちらと、遊び相手もなく、うろついています。

ある部屋へ来ますと、足元に食べものが置いてあります。食べ物を越えるに越えられず、先へ進めなくなり泣き出していました。

一つの場面の夢

平成四年三月二十二日

私は、寝ている姿のまま宙に浮いていました。

この男性に付いて行きます！　と思った夢

平成四年五月三日

私は「この男性に付いて行きます！」と言って、その男性の右腕と私の腕を組みました。その行動に出るには少し恥ずかしかったのですが、思い切って腕を取っていました。顔を見たかったのですが、その男性は正面を向いています。私は半歩下がっているものですから、どうしても顔が見えません。

長い間閉じられたままになっていたものが開けられた夢

平成四年六月六日

部屋の三分の一くらいは占めている、冷蔵庫のような、洋服ダンスのような収納庫は、長い間閉じられたままになっていました。それが開かれました。

手前の方にはお肉などがあり、奥の方には洋服が入っているようです。お肉は新鮮さがそのままで、実に美味しそうです。

食卓には十人ほどが着いており、テーブルの上には所狭しと食べ物が並べられ、家族が和気あいあいと食事をしていました。

私は何気なく窓の外を見ました。そこはアパートが密集して建てられていて、隣の家の中までが見えてしまいます。主婦がせっせと掃除をしていました。

声の夢㈠

平成四年七月三日

深みのある男性の声が、内から聞こえてきました。言葉としては短いのですが、胸の奥から聞こえて来ます。

以前は大変奥深い所から聞こえて来ていたのですが、今回は案外と近い所からのような気がしました。

声の夢㈡

平成四年七月四日

二十代くらいの女性の声で「もう、そろそろしなさい」と胸の深い所から（胃の辺りから）聞こえて来ました。深夜の事です。

私は吃驚して「何をするの？　どうするの？　どうすればいいの？」と意識で返してい

ました。

朝のことです。また女性の声が聞こえて来ました。励ましてくれているような、ねぎらってくれたような、共感しているかのような、そのような言葉が聞こえ、また吃驚して目覚めてしまいました。

何もかもが私にばれてしまった夢

平成四年七月十二日

あれもこれも、何もかもが私にばれてしまいました。

白い大蛇が口から入る夢

平成四年七月十五日

白い大蛇のようなものが、閉じている口をこじ開けるようにして、私の口からずるずると体の中に入って行きます。

食道の当たりを通るのに、何とも言えない感触がしました。これは二匹目です。

呆然と立ち尽くすジョイの姿が忘れられない夢

平成四年七月二十日

まだ十代の少女の名前はジョイ。ジョイのおばあさんは折りたたんだようにして、籠に入れられ、ジョイの目の前に吊るされました。その上から、焼いてジュウジュウといっている肉を被せられます。

ジョイはおばあさんを呼びます。気丈なおばあさんはジョイに言い残します。

「ジョイ……ジョイ・ジョイ」

内容は、ジョイの人生は厳しいだろうけれど、しっかり頑張るようにと。またジョイなら頑張れるというようなことです。

ジョイと一緒に私も見ていました。おばあさんは余り大きくもない籠の中で、焼かれた肉の中に埋もれて逝きました。

本当に気丈な最後でした。しっかりと自分の死を見ている人でした。ジョイに言い残した言葉は、大した内容ではなかったように思えるのですが、後に残った印象と、呆然と立ち尽くしているジョイの姿が忘れられません。

夜には星がよく見える家の夢

平成四年七月二十一日

もうすぐ引越しをされる家の下検分に行っています。その家の持ち主は天文が好きな方なのか、テラスのような所は三階くらいの高さまで四角錐のガラス張りになっています。夜には星がよく見えるでしょう。

今思い出しても吹き出してしまう夢

平成四年七月二十三日

赤ちゃんがひとりでハイハイをして、私の右側を通って行きました。どうやら眠くなったので、自分の部屋へ引き上げたようです。

様子を見に行って見ますと、大人用の枕に体半分を乗せて、大の字になって眠っています。気のせいでしょうか、少し身長が伸びているようです。

あのふてぶてしい寝相には、今思い出しても吹き出してしまいます。

二羽の鳥の夢

二羽の鳥を見ました。一羽は黒と白の配色で、もう一羽は青い、結構大きな鳥でした。

平成四年七月二十九日

私が死んだ夢

私はピストルで撃たれて死にました。痛みも何もなく、実に呆気ない死に方でした。

平成四年九月三日

笑いあっている夢

色々な人が数人いました。誰彼となく話をしては笑い合っていました。

平成四年九月十八日

妹と語らう夢

妹と、木に下りて来た鳥のことや、川のことなどを話題にしながら笑い合っていました。

平成四年九月十九日

それとなくさせられたお見合いの夢

平成四年九月二十二日

マンションの一階エレベーターの前で、一家族と出会いました。おばあさんと男性と、男の子と白い犬です。何となく立ち話が始まりました。その男性の身長は高くありませんが、感じの良い男性です。

そこの家に泊りに行くという話が出たのかどうかは分からないのですが、おばあさんが「犬のお布団ならあります」と言います。私は「私は犬ではありません」と言い返します。私は他の男性と話をしていました。「どうでした?」と聞かれますので、おばあさんとの経緯を話します。どうやらそれとなく、お見合いをさせられていたらしいのです。

でも、夢の中のあの家族とでしたら、うまくやって行けそうな気がしました。

夢? イメージ? 幻像? ふたつ

平成四年九月二十八日

一 小人がにこにこと笑っている

一寸法師のような小人が、ふっと現れて、その子がにこにこと笑っています。

㈡　十数分後頃に

女の人がナイフで刺され、うつ伏せになって倒れていました。

川の断面を見ているイメージ

平成四年九月二十九日

私は川の断面を見ていました。背の高い藻は大変よく茂っています。藻がスクリューに巻き込むと危ないけれど、手漕ぎの船ならば大丈夫と思います。

突然、訳の分からない不安を感じました。何故かといいますと、藻の茂り過ぎで、底の方が暗い感じがしたからです。

久し振りに大変印象に残った夢

平成四年九月三十日

ニュースで見るバングラディッシュのような所に、私と男の人の親子がいます。石ころだらけの白い大地は、陽の光をただ照らし返しています。あちらこちらには裸同然の人々が、何かをするでもなしに立っています。

私達は窪地の水溜りに、珍しい小さな貝類がいるのを見つけて採りました。けれども、日中に紙にくるんで持ち歩いていますので、貝は死にそうです。私は二人に「水の中に戻してやりましょう」と言って、三人で戻しに行きます。

私はひとり、白い台地を登っています。が、そこは急斜面で、道があるわけではありません。また左側は山の斜面が削《そ》げ落ちていて、絶壁のようになっており大変足元の危険な箇所になりました。

するとその時男の人が私の後ろにピッタリとくっつき、私をしっかりと支えます。右、左と足を出す時には、少しでも足場のしっかりした箇所に足を運ぶのですが、それでも下を見ると、体がゾクッとして震えてしまいます。体温まで感じるその男性には、私の震えが伝わるでしょうに、男性は微動だにする事もなく、私を支え続けます。私の足のすぐ後ろに、ピッタリと、確かな力強いしっかりとした足が踏み出されます。

私は途中で、ずっと下の方に目をやりました。そこには木があり、男の人が、犬ともう一匹動物を散歩させているのが見えます。犬がとても嬉しそうに跳ね回っています。

そして一心同体のような私達は、危険な場所をひょいひょいとあっという間に通り過ぎてしまいました。

私は安堵感と、危険なところを助けてもらった感謝の気持から、その男性に情が移ってしまい、抱きついてしまいました。私の左頬には男性の首筋辺りの温もりを感じています。ところが、その男性は用が無くなったからでしょうか、いなくなってしまったのです。

私はまたひとりになり、家に向かいます。家には裸同然の人達が、お布団があるような無いような所で、所狭しと寝ています。私には奥の一室が空けてありました。

その部屋へ行く途中に、一つの部屋を通り過ぎます。そこには痩せこけた裸の子供達がいます。寝ている子も立っている子もいる中でひとり、食べ物を吐き出している子がいます。私はその子を抱き上げました。その時、私は前を合わせただけの簡単なものを身に纏っているために、胸がはだけてしまいました。子供達が無表情な顔でじっと見ますので、抱いている子に「飲みますか?」と聞いてみましたが、相変わらず何の表情も示しません。ところがなおも子供達はじっと見ています。それで代わる代わる抱くことにしました。

気が付きますと、抱いている子が泣いています。無表情のままで、声も出さないで、ただ涙だけが流れ出ています。立っている子も泣いています。その干からびてしまった表情の何処にそんな涙があるのか不思議なくらいに、数人の子が泣いているのです。私は思わず、抱いている子を抱き締めてしまいました。

超エリート（？）犬の訓練の夢

平成四年十月四日

大型犬の超エリート（？）の母犬が、六匹の子犬を訓練します。母犬は後ろの二本足で背筋を伸ばして立っており、六匹の子犬達も直立しています。母犬の号令で二本足で走り出しました。ジャーン！

訳の分からない質問をされる夢

平成四年十月八日

洞穴の入口で私は、お祈りか願い事をしています。ずーっと奥に、ぽってりとした観音さまか、神様か存じませんがいます。その方はスーッと近づいて、私の目の前に来ました。私はこころで『幸せになりますように』と思いました。するとその方が「あなたは幸せになりますよ」と言います。私は『嬉しい！』と思い、その気持を「ありがとうございます」と返しました。すると訳の分からない質問をされます。「五十年はいつがいいですか？」と問われ、私は「えっ？　一九五〇年の事ですか、それとも昭和五十年ですか、いつというのは季節の事ですか？」と、すっかりこんがらかってしまっています。

ぽってりとしていながらも中性的な印象を与えるその方は、ドンと構えて、じっと私を見ていました。

恐い夢

平成四年十月十三日

私達は三、四人で、大きな古い屋敷を見上げています。家の中に入りました。すると崩れ出しました。土煙がもうもうとしています。私達は、逃げ出しているような光景が見えました。

免許取立ての夢

平成四年十月十四日

私は免許取立てで、赤い軽自動車を運転しています。一方通行の狭い道路を、左へ行ったり右へ行ったりと、まるで酔っ払い運転です。前方に低いコンクリートの障害物があり、それに当たって止まりました。

信号が変わると、障害物も何のその、広い道路へ臆面もなく走り出て、大きく左へカーブして走り去りました。
もうひとりの私が、車の後方からずっと様子を見ています。心配なことはありません。

イメージ

三十代前後の男性が、右向きにうずくまっている姿が見えました。

平成四年十月十六日

［吃驚し不安になった夢ふたつ］

㈠　女の人が突き落とされる夢

平成四年十月十七日

バスのドアから女の人が突き落とされ、顔をしたたかにこすっています。がそれは、等身大の人形だったのでしょうか。全く動きませんし、手足は棒のようです。

㈡　歯がボロボロと欠けていく夢

歯の間に物が挟まっているようですので、爪楊枝で取ろうとしました。すると一本がボロボロと欠けて行きます。吃驚しました。

母と語らう夢

平成四年十月二十六日

私は、母と笑顔で語りあっていました。

［夢ふたつ］

一 大変濁った水の入った水槽の夢

平成四年十一月三日

狭い隠れ家か、秘密の場所という一角に、私と中学生くらいの男子四人がいます。机か、台の上には大変濁った水の入った水槽と大きめのビンが置いてあります。

男子は、ビンの中を見ている者、お互いに会話を交わしている者、出たり入ったりしている者という風です。

水槽の中には何かが動いているようですが、何か判りません。ビンには土が入っていて、口の辺りには小さなうじ虫がいます。

三 リヤカーが坂を転がり落ちる夢

私はリヤカーを引いています。坂道の途中からリヤカーは転がり落ちて行きました。俳優のS氏が、悠然と座って笑っていました。

平成四年十一月七日

［考え事をしていた時のイメージ(?)三種］

一 聖徳太子の横顔のイメージ

五百円硬貨より少し小さめの、右向きの顔だけの聖徳太子がふっと現れ、少し経って消えました。

二 炎が昇って行くイメージ

六センチ前後の個性的な少女の横顔の、顎の所に炎があり、その炎が上へと昇って行きます。

三　炎の上昇が数回繰り返されるイメージ

三、四センチ大の炎だけが現れては昇っていきます。それが数回繰り返されました。

羽毛のセンスで風を送る夢

平成四年十一月二十三日

私は大きな羽毛の扇子で、ゆったりと風を送っていました。

手足を切断され、白骨化して行く男の夢

平成四年十一月二十九日

理由は分からないのですが、男が片手片足をちょん切られています。公衆の面前で、高い台の上で男は叫びました。「残った手足も切れ！」と。

私は、その男の口の中には、小石がいっぱい詰められているのを見ました。

残った男の手足も切断されました。その男は大変意志強固な男で、その時四つん這いになって歩いて見せました。

見ている者が口々に言います。「白骨化している」と。

どんな試験を受けるのか考える夢

平成四年十二月一日

顔はちょっといかついのですが、柔道をしているような大きな男性が私を直視して、「試験は受けて見なければ……」と言います。

私は、試験とは何の試験なんだろうと思っています。

鋭い眼光のイメージ

平成四年十二月十一日

仏さまらしき顔や目が、部分的に現れたり消えたりします。仏さまの左目に見えたり、他の人に見えたりしました。

なかなか鋭い眼光でした。

白い鳥が左右へ飛ぶ夢

平成四年十二月十七日

高くはない所を、鳩くらいの大きさの白い鳥が左右へと飛んでいます。

まとまりのない夢

平成四年十二月二十四日

夜です。私は外にいます。十匹前後の蛍が草の上で光りを放っています。アパートでしょうか、窓が並んでいる所を通り過ぎる時に、明かりのついた部屋の中が見えました。女の子が何かしでかしたのかふくらはぎに、男の人が押さえつけたようにしてチェックの印を付けています。母親は、少し離れた場所から、その様子を冷ややかな目で見ています。

若い男の人が凱歌に近いのでしょうか、叫び声を上げているようです。でもそれは、ガラス窓の中なので、声は聞こえません。大きな赤い布も広げられています。

私は、以上のような光景をたまたま見てしまったことから、罪悪感のようなものを感じ、隠れるようにしてその場から離れました。

他家の床下に隠れていましたが、そこを出て坂道を下って行きます。誰かに見られているようではあるのですが、気にはなりませんでした。

誘拐期間中に働かされ、その日当を貰う夢

平成五年一月三日

私は十五日間誘拐されていました。その間何か手伝わされていたようです。着物がたくさん部屋に吊るされていた事を覚えています。

受付か事務所には女性がいて、十五日分の報酬が渡され、受け取り印を要求されました。ハンドバッグを探しますと、直径三センチもあるような印鑑が出て来ました。名前の面を見ますと、鉛のぶつぶつが出ていて見にくい印鑑です。

押して見ますと、真中が欠けていて写っていなかったのですが、それでも良いという事でした。

［イメージふたつ］

平成五年一月三十一日

㈠　空中に静止する石を見ているイメージ

私は渓谷に架かっている橋の真中辺りから下を見ています。川は少し濁っているようですが、それでも深い緑色をしています。

私が見ているのは一つの石が落ちている場面です。乾いた白っぽい、角がない面もあれば、三角に尖っている面もある石が、途中まで落ちて静止しているような場面でした。

私の姿は見えないのですが、橋の上から宙に浮いたようなその石を確かに見ていました。

二 瞬間のイメージ

社長くらいに貫禄のある紳士が二人、私の目の前を通り過ぎます。瞬間のことでした。前を行った人は、後ろの人ほど背が高くなく、目がギョロっとしていて、何だか周囲に気を配っているような印象を受けましたので、品性が余り良いようには思えませんでした。その後ろの人は対照的で、背はスラリと高く、背筋を伸ばし、真っ直ぐ前を見ていて大変品位がありました。

とても子供とは思えない息遣いを感じた夢

平成五年二月三日

何者かが襲ってくるらしいのです。私は赤ちゃんより少し大きい子供と一緒にいるのですが、家の中で何処へ逃げ隠れしたらいいのか判らないでいます。するとその子供が、「こっちの方へ行こう」と言って、私を導き避難させます。

床下の奥の方へ這って行き、子供は私の頭の付近にいます。私は子供の反対側を向いていますので、子供の姿は見えません。私の右耳側に息遣いを感じはするのですが、その息遣いがとても子供のものと思えません。大人の息遣いに聞こえました。

数体の石像に息を吹き返らせるのは、私の意志ひとつに任されているという夢

平成五年二月九日

濃霧で一歩先は何があるのかさっぱり判りません。おっかなびっくり手で探ってみますと、氷ほどには冷たくはないのですが、固くひんやりとした感触が伝わってきました。「何かがあります」と私が言います。私の連れなのでしょうか、一緒にいる男性も触れてみて、納得した様子です。

私は、今度は腹を据えて、入念に探り出しました。厚みは十五センチほどあるでしょうか、表面は滑らかで平らな四角形をしていますが、大きさがまばらな物が積み重なってい

ます。

私はそれを登り出しました。数段も登ったのでしょうか、急に体が軽くなり、気が付くと何処かに立っていました。そこもやはり靄の中なのですが、そこには等身大の、大理石で造ってある彫刻があります。数体の石像達は、どれも大変柔和な顔で、さらに、右手を高く上げて、左の方を向いて手招きをしています。

あるのは石像ばかりのようなのですが、私には人の気配《けはい》が感じられています。姿は見えないのですが、穏やかな老人が、何だかすぐ側にいるような気がしました。

石像に息を吹き返らせるのは、私の意志ひとつらしいのです。自分の意志で決めるようにと、迫られているようでした。

石像は七福神のような気もしました。

足元を掬われたような感じがした夢

平成五年二月十五日

私の仕事場だった所は、跡形もなく消えていて、ただの草むらになっていました。何だか足元を掬われたような感じがしてドキッ！　としました。

いつの間にか、荒れている周りを見渡している夢

平成五年二月十七日

大時化《しけ》の中にいます。登場人物は数人と犬もいたようですが、私の動きだけしか覚えておりません。

最初は嵐の中で右往左往しているのですが、どこか冷めたところがあり、いつの間にかどっしりと身じろぎもしないで、荒れている周りを見渡していました。

人が消えていく不思議な夢

平成五年二月二十四日

祖母・父母・妹・弟がいます。草の生えている下り坂をそれぞれに下っています。

私は母に、「他に用事がありますので、それを済ませてから行きますので、先に行って下さい」と言います。母は頷き、歩き出しました。

ところが全員が透明な感じなのです。そして先に歩いているはずの人達が誰もいませんし、今いた筈の母の姿も消えていました。

私はそれを見て、別に不安は感じてはいないのですが、幽霊かなとか、不思議だなとい

うくらいに思っています。

田んぼの中から自力で上がる夢

平成五年三月十一日

五、六十人のクラスのようです。前の四列、二十人くらいは、先生の説明では、ちょっと遠い所へ行くようです。私もその中に入っているのですが、私は車椅子に乗っています。説明の間に私は想像します。『森からちょっと外れた、木の間から明るく陽の射す道を通って行く所だな』と。十人くらいが先に行ったのでしょうか、机が空いています。

道路を車椅子で通っています。私は先頭で、他の人達は後ろから来ます。突然車椅子が脇へ逸れて、田んぼの中に落ちてしまいました。

前方を見ますと、伯父と中年の二人の男性がいます。伯父は二人の男性より年上なので、私は二人の男性に助けを求め、二人は車椅子を引き上げてくれました。

後から来ている友達が私を助けようとしますが、道路の端が削られていて、大勢が乗ると崩れそうなので断り、私は両手を道路に付いて、よっこらしょっと左足を道路に掛けて自力で上がりました。

海面を歩いて渡る夢

平成五年四月六日

男と女と私がいますが、女は私のような気もします。何処からかずっと歩いて来ていたようです。これから海を渡るという所に行き着きました。海岸です。

その海は、青い海原ではなく、赤茶けたような色をしています。渡るというのは、船でも泳ぐのでもなく、歩いて渡るのです。

男は、さも嬉しそうに「ヒャッホー！」とでも言っているかのように、海面を走って行きます。女も後に続きます。

私は、足元から立ち上がる泥水のような波を見ました。遠くを見ますと、大勢の人々が同じように渡っています。私は少しずつ歩いて行きました。途中で疲れましたので休んでいますと、女が戻ってきて側に来ました。やがて男も戻って来るだろうと思っています。

大勢の人々はずっと先の方を歩いています。

少しだけ左へカーブしている道を行く夢

平成五年五月五日

道路沿いの狭い溝は、雨上がりでもあるかのように、多量の水が流れています。三、四歳くらいの女の子がその溝に入っています。

妹が、私の左側後方に立っています。私はしゃがんで、その女の子を引き上げ、「あなたはまだ子供なのだから危ないでしょ、家に帰りなさい」と言います。女の子は「うん」と言い、帰りました。

けれども、周りには家らしきものはありません。私はちょっと心配になりましたが、大丈夫でしょうと思います。

私はひとり、一本道を歩いています。道は少しだけ左へカーブしていました。

一本の道を歩いて行く夢

平成五年五月八日

私の右肩辺りから一本の道が、左側斜め少し上へ向かって延びています。

大勢の人々が、向こう（左の方）から、こちら（右肩の方）へ歩いて来ますが、私だけはひとり向こうへ歩いて行きます。

皆で川掃除をする夢

平成五年六月一日

川幅が二・五メートルほどあるでしょうか、周りには木が繁っている所に、十人前後の男女が三々五々といます。

川の一箇所がゴミなどで塞き止められていますので、私はそれらを除けようと、皆に呼びかけ自ら作業を始めます。

やがて、きれいに取り除かれたのですが、気が付きますと、足下は川幅いっぱいにセメントで二段になっているではありませんか。今取り除いたのは上の方だけで、下段には更にびっしりと詰まっています。

私はまたもや率先して、取り除こうと呼びかけました。

後追い自殺をした男の夢

平成五年六月十三日

独身を通して来ている女と、思い焦がれている男が一夜を共にしました。周りの者は良かったと思っています。男も大変喜んでいます。

ところが、女は自害をしました。二、三日後に女のもとを訪れた男がその事実を知った時、男はその場で鉈を振り上げ、自分に向かって一振りし、死んでしまいました。あっという間の出来事でした。

その場に居合わせたのは、私から見て左側に二人、右側に一人、その男を挟んで、前側に二人、後ろ側に一人、私は男の左側少し離れた脇の方からその光景を見ていました。が、男が鉈を振り下ろした瞬間は、怖くて目を逸らしてしまいました。

明るい陽の中で、血しぶきが散っていました。

石になりながらも、私のことを心配し続ける祖母の夢

平成五年六月十五日

村の人達に連れられて、祖母がいるという所へ行きます。大きな岩の上らしく、私の視

野には空しかありませんでした。男の人達が三、四人掛かりで岩を除きました。

岩の中に、目を閉じた骸骨のような顔がありました。骸骨は目を開けて、首をもたげました。首をもたげた時、骸骨よりも少しは肉のついた、祖母の顔がそこにありました。

私と一緒に小学校高学年から、中学生くらいの子供が二人います。私はその二人に話し掛けます。「あなた達の曾おばあちゃんですよ。会えてよかったわね」と。子供達は、少し不思議そうにしながらも、じっと祖母を見詰めています。

祖母は私を見詰めます。そして私に話し掛けました。「希望は叶ったかね?」と。私は胸が詰まりました。

その岩は、祖母のお墓でした。祖母は石化していて、人間の姿を留めているのは、首から上だけだったのです。そのような姿になりながらもまだ、私のことを気に掛けてくれている祖母を私は抱きしめました。泣きながら大岩に腕を回しました。そして「いいえ、資格が無いし、力は有るのですけど……」と言います。祖母は黙って私を見詰め続けました。

私は、ただただ胸が締め付けられて目が覚めたのですが、ずっと余韻が残りました。

頭の天辺を削《そ》がれ、十文字に割られた夢

平成五年六月二十日

中学時の友達と、海を見下ろす丘の上を歩いています。天気が良く、海の青さがきれいだと、一瞬私は思いました。友達は先に帰りましたが、私は散歩を楽しみます。

そこに車があり、一人の若い男がいます。私は突然恐怖心が湧き、階段を下りて、山の斜面の造林業地へ逃げ込みます。男が車で追って来るのではないかと、後ろが気になって仕方がありません。暫く斜面を逃げていましたが、大丈夫のようです。

家がありました。そこには女の人が二人ほどいるようです。

突然、私は鋭い刃物で、頭の天辺をスパッと削《そ》がれました。次には、頭を縦十文字に割られました。放って置きますと、頭が開いてしまいそうなので、私は片手で頭を押さえます。

少し頭が重いような、妙な気分がしました。

寝入りばなのイメージ？　幻像？

平成五年六月二十一日

寝入りばなの事です。

瓜実顔で無表情の、青白く光る男の顔が振り向きました。私はビクッ！　としました。思い出してもぞっとする顔でした。

出ないお乳を赤ん坊に吸わせる夢

平成五年六月二十二日

私は赤ん坊にお乳を飲ませています。しかし、私が産んだのではありませんので、本当はお乳は出ません。

お腹を空かせている子に右側を吸わせました。でもお乳が出ないものですから、暫くすると、大きな口を開けて今にも泣き出しそうにします。

赤ん坊の向きを変えて左側を吸わせます。そして、ミルクを用意しようと思います。

大量の黄金を掘り出す夢

平成五年七月四日

私はF氏と山の中腹にいます。私が働く所は頂上に近いところにあります。私は時間になり、仕事に戻らなければならないことをF氏に言います。ところがF氏は、下に向かって歩き出しました。私は真っ直ぐに登った方が近いと思いつつも、F氏に付いて降りて行きます。

民家と小川の間の狭い通路を通り、仙人でも住んでいるかのような、人里離れた小屋に着きました。おじいさんが出て来て、F氏と何やら話をし、やがてF氏は庭を掘り出しました。

するとそこから、大量の黄金が出て来ました。掘られた土の中が金色に輝いているのが見えました。

白大蛇が私の中にいると、山姥に言われる夢

平成五年八月一日

老人に導かれて、私は海岸まで来ました。

海岸には大きな白蛇が埋められています。その蛇はプラスのものか、マイナスのものかは判らないのですが、魔力を持っているようです。

それが私の中にもいると、山姥のようなおばあさんに言われました。

しかも、それが二匹も…と自分で思っています。

寝入りばなの恐怖夢

平成五年八月十八日

私は家の近くを女性と二人、並んで歩いています。その女性は、私には見覚えのない人なのですが、私の右側にピッタリと歩調を合わせて歩き、赤の他人とは思えない口振りで私に囁き掛けます。「凶暴な男が近くにいて、車で人を轢《ひ》き殺すんですって」と。

それが、狭い道路の反対側に車が一台停まっていて、男が運転席から私達を見ているような気がするのです。

私には、その車の男が凶暴な人のような気がしてしまい、車が動き出すのではないか、猛スピードでバックして来て殺されるのではないかという恐怖から、胸がドキドキし、身震いがして、目が覚めました。

夢に戻ります。私達は左の脇道へ反れて行きました。私は、ここまでは車は来られないだろうと少し安心し、振り返って車を見ました。

その時やっと気付いたのですが、車は少しも動く気配はなかったのです。最初から。

大袈裟なようなのですが、なぜか恐怖の発作のような状態で目覚めてしまい、暫く寝付かれなくなった夢でした。

［夢ふたつ］

平成五年九月五日

一 最近よくうなされていると言われた夢

宿場のようです。廊下から二階へ階段を上ると、男の人達が数人いますので、慌てて階段を下り、私は女湯らしき所に来ました。

ちょうど妹が出て来て、階段を上りながら私に、「最近よくうなされているわよ。気をつけたほうがいいわよ」と言います。私は「そうなの、何か恐いのよ。だから一緒に寝て頂戴」と言います。

以前は、妹と同室でしたが、部屋を別々にしたようです。

二　広い洞窟の真中で、静かに燃え続ける原始の火の夢

小中学校時の通学路の一箇所に、私は居ます。

あちらから、こちらからと、男の人が三人集まって来ました。集合するまでには三人共、相当な苦労があったでしょうが、無事に、約束であった一つの場所に集まりました。三人の手には石が握られています。それは厚みのある楕円形の石を三つに分けてあるものでした。三人は三つの石を合わせます。

石を合わせた三人は、呪文のようなものを唱え出しました。暫く唱え、やがて「……を我々の前に現したまえ……」と言います。すると三人の手の中にある石が光を放ちました。次の瞬間、広い洞窟の真中辺りに、四角い岩を台にして、大きな楕円形の厚みのある石があり、その石の真中辺りで、四、五十センチ以上もの高さのある火が静かに燃えているのが見えたのです。三人は「これだ！」と言いました。

三人に見えているものが、私にも見えていました。私は洞窟の高い位置から、火を見下ろしていました。洞窟は高さも幅も、その空間はかなりの広さがあります。

石には、横に一筋ひび割れのようなものがあります。火はといいますと、そのひび割れからじかに炎が出ているのではなく、石から十センチ前後離れた位置から、炎は見えています。縦に細長く、火力には勢いがあります。

石には煤《すす》一つ付いていません。そして、石はほんの少しグレーがかっています。何万年も、何億年も、ただそうやって静かに燃え続けて来ているように、私には思えました。風ひとつない、また乾燥している洞窟内でした。

その時、寝ている私の右足の膝がチリッと痛みました。足の痛みによって、私は現実に引き戻されつつあるようでした。暫くは耐えましたが、痛みはなかなか遠のきません。仕方なく左手で痛む所を摩ります。

また少し眠ったようです。その後、意識が戻りました。が、目が開きません。体が重いのです。暫くしてやっと、目を開く事が出来ました。私はふうっと、一息つきました。

満月と十字星の夢

平成五年十月一日

夜のしじまの中で星が十字の形になっています。縦と横が交差している箇所に満月が燦然《さんぜん》と輝いていました。雲ひとつない、実に晴れ渡った夜でした。

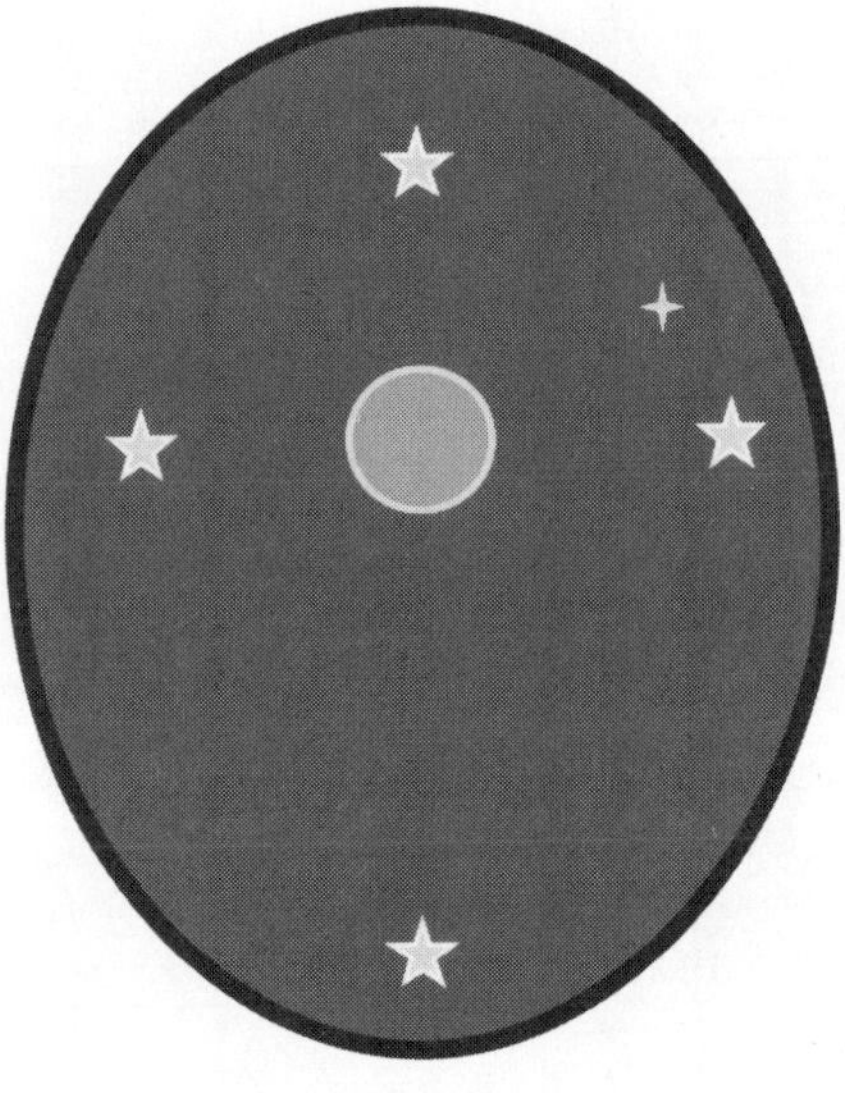

長い長いロープを解いて行く夢

平成十一年十一月十二日

S先生と私は、長いロープを解いていました。解き方は私で、先生は解いたロープを持っています。先生の左腕には、輪になったロープがずっしりと持たれており、私は最後尾となった箇所に取り掛かろうとしています。

ロープの最初の所を、手繰り寄せようとしても何かに引っ掛かっているのかビクともしません。見てみますと、ロープの先端を細い所に通して、固く巻き込み結んであります。

私は固い結び目を解こうと取り組み出しました。先生は私の手元をじっと見ています。

やがて結び目の先端が少し柔らかくなり、『何とか成《な》りそうだぞ』と思った瞬間、目が覚めました。

おわりに

もし「一年のうちでいつが一番好きですか？」と問われたとしたら、迷わず「私は二月三日と二月四日です」と答えます。二月三日は節分です。私の誕生日です。そして二月四日は立春です。私はこの「立春」という言葉の響きが大好きです。

三日までは、厳しく辛い冬が続いていても、厳しい冬は三日で終り、四日からは春になる。この、冬の終りを告げる節目の日に生まれたことが単純に嬉しい。それは、暦の上だけのことにしか過ぎないのではありますが、冬が終って春が来るという言葉の響きに、私はただ素直に嬉しくなってしまいます。生れたら次の日から春でした。明日からは春！

個においては、ただ一度っきりの人生を、歴史から見ると、一人間の、ほんの束の間の生を、私は現在《いま》、確かに生きています。確かに今を生きて存在《あ》る事が、また色々な経験ができる事が面白いし、経験されたことが自分の内にプラスされ、蓄積されて行くのは楽しい。喩え、その過程においては、山あり谷ありではあろうとも、克服した瞬間の大きな喜びに至っては、到底言葉では現し尽くせません。
精神面における、たくさんの山場や壁を超えて参りました。

人と人との関わりの中で、自分も含めて人のこころに不思議を感じ、興味を持ちました。不思議と感じたことが発端となり、その瞬間《とき》から、私のこころの旅が始まったのでした。

やがては夢を媒介として、こころを見つめ続けることになり、その後、時間の経過と共に、あからさまに自らの内面が見えるようになり、見えてくれば来るほどに、実は私の内面は、大変厳しい真冬の状況にあるという事実が判明したのでした。

混乱に始まり、不可解な時期を経、自らの問題であると気付き出しての後、徐々にではありますが、やがて極限状況へまで達します。

私がこころについてもう少し敏感であり、または、事前に知識などありましたならば、極限状況へまでも致るという事はなかったのではないかと、ふと振り返って見ることもあります。がしかし、見方を変えますと、私が鈍感であったからこそ、ただひたすらに、自らの内に在る道だけを求める事のみに、専念出来たのだとも言えるのではないでしょうか。

求める道は、確かに自分の中に在ります。自分が信じて疑わないものを求め続ける事が、また途中で投げ出さない事が、どのような事があろうとも自分から逃げない事が、とても大切であったと今も思っています。

そのような過程を辿っている中で、夢は大変タイミングよく現れてくれました。私にとりましての夢は、私の意識を十分に活性化させてくれる、起動力そのものだったのです。私には時間だけがありました。また時間《とき》は薬でもありました。それと生来の楽天家という気楽な面を持ち合わせておりました。そして、ちょっぴり頑固な面も持っていますが、何もかもを含めて、そんな自分が好きでした。

夢に導かれてここまで参りました。冬はやがて終りを告げ、春は必ずやって参ります。と、私は信じています。

朝長三千代

二〇〇一年一月

［著者プロフィール］

朝長三千代（ともなが　みちよ）

出身地：長崎県
現　在：広島県在住

初版に寄せて
　眠りかけた魂を揺り起こし、
　“みずみずしいこころ”を今、目覚めさせたい。
　方向を見失いかけた心には、
　やわらかな灯《あかり》を点《とも》し続けていたい。
　　　　　　　　　　　　…と望みつつ…

夢に導かれて

2001年2月15日　初版第1刷発行

著　者　朝長　三千代
発行者　瓜谷　綱延
発行所　株式会社文芸社
〒112-0004　東京都文京区後楽2-23-12
電話　03-3814-1177（代表）
03-3814-2455（営業）
振替　00190-8-728265
印刷所　株式会社平河工業社

ISBN 4-8355-1296-0 C0095